恋結び

Asuka & Ryuji

明里もみじ

Momiji Akesato

JN113904

EB

エタニティ文庫

目次

恋結び

第一章

急いで行動すると、ろくなことにならない。だから時間に余裕を持って行動しなさい。

——それは古籍《こぜき》あすかが、昔から母親に言い聞かせられてきた言葉だ。

だが、マイペースでうっかり者なあすかにとって、母の言葉を実行することはなかなか難しい。女子大への進学を機に地元を離れて二年が経ち、ひとり暮らしに慣れてきたと同時に、気の緩みも出てきたのかもしれない。

時間に余裕を持って行動できなかった結果、あすかは今まさに窮地《きゅうち》に陥《おちい》っている。

今日は大学の定期試験の初日だった。寝坊してしまい、アパートを飛び出したのは数分前。大学までは自転車で十分もかからない距離で、今ならなんとか間《ま》に合う。そう思いながら全速力でペダルをこぎ、脇道から大通りに出ようとした際、突然ブレーキがきかなくなってしまった。

そして「あれ？　あれ!?」と焦っているうちに、停車していた黒塗りの高級外車にぶつかったのだ。

目の前に停まっている高級外車のバンパーには、くっきりと傷跡がついていた。

「うわ……やばい。……どうしよう」

幸いなことにあすか自身は無傷で済んだが、車のバンパーの傷はひどい。また、自転車はぶつかった衝撃で前輪がくにゃりと曲がり、もう動かせないほどの有様《ありさま》だ。

（と、とりあえず警察に電話っ！　いや、保険会社に連絡するほうが先……？　っああ違う、まずはぶつかった相手に謝らないと！　それから怪我がないか確認して……あとはお母さんたちに知らせなきゃ。……うう、絶対に叱られる。しかもこんな高級な黒塗りの外車に乗ってるなんて、ヤのつく人のイメージしかないんだけど……）

動揺したあすかの思考はまとまらず、傷ついたバンパーに視線が釘《くぎ》づけになってしまう。

「おい、このくそガキ、聞いてんのか！」

突然怒鳴り声が聞こえて、あすかはやっと顔を上げた。すると屈強な男が怒り心頭という様子で迫ってきて、こちらに手を振り下ろそうとしている。

「わあ!?」

「何度声かけても無視しやがって……！　まさかこの車にどなたが乗ってるのかわかっていて、ぶつかったんじゃねえだろうな！」

その言葉で、あすかは状況を理解した。故意ではないものの、自分は謝罪もせず男を無視したかたちになったのだと。車の運転席のドアが開けっ放しだから、この男はきっと運転手なのだろう。

殴られる——あすかはとっさに首をすくめ、目をつぶった。

「やめなさい」

その声で、男は動きを止める。声を発したのは助手席から降りてきた新たな人物だ。びしっとしたスーツに身を包んだその人は、女性と見まがうほどの美貌《びぼう》の男性だった。

「……っ、佐賀里《さがり》幹部」

「女性を脅してどうするのです」

「も、申し訳ありませんっ」

佐賀里という人物に注意されただけで、威勢のよかった男の態度が豹変《ひょうへん》する。

あすかは、佐賀里の顔をまじまじと見つめてしまった。こんなに美しい男を、彼女は今まで見たことがない。まさに花顔玉容《かがんぎょくよう》だ。いつまでも眺めていたくなるほど美しい。けれど瞳は鋭《するど》くどこか冷たい印象で、近寄りがたい雰囲気を醸《かも》し出している。

「お怪我はありませんか」

佐賀里はあすかのほうを向くと、声をかけてきた。

彼に見とれていたせいで、あすかは反応が遅れてしまう。

「へ……？　あ、な、ないです！　あのっ、そちらのほうは、お怪我は？」

「それはよかった。こちらも怪我はありません。……あなた、学生の方ですか」

「そうです。……って、あっ、あの、急に飛び出してすみませんでした！」

自分の失態に気づき、あすかは勢いよく頭を下げた。やっと謝罪を口にできて、ほっと吐息をもらす。

「おや」

佐賀里はわずかに目を見開き、そうつぶやく。あすかは続いて運転手に向き直り、頭を下げた。

「あの、先ほどはすみませんでした。事故に驚くあまり、無視するみたいになってしまって……。本当にすみませんでした」

いくら茫然自失《ぼうぜんじしつ》していたとしても、謝罪もせずに相手を無視するなんて、どれほど礼儀に欠けていたか。冷静さを取り戻した今なら理解できる。

あすかの謝罪を受け、運転手の男は怒りをおさめた。

「お、おう。ま、まあ、わかればいいいんだよ」

「はい。すみませんでした」

「……話を続けても？　状況を整理しましょう」

再び佐賀里に声をかけられ、あすかは「あ、はい。お願いします」とうなずく。

まずは互いに身分を証明できるものを示すということで、相手は名刺を差し出し、こちらは学生証を提示した。すると佐賀里はスマホで学生証の写真を撮る。

「自転車はずいぶんひどいことになっていますが、本当にお怪我はありませんか？」

「はい、なんともないです。あの、そちらも本当に大丈夫ですか」

「私と運転手、それにもうひとり同乗者がいますが、怪我をした者はおりません。ちょうど車に乗り込んだところで、発進していなかったのが救いでした」

「も、もうひとり乗ってらっしゃるんですか」

思わず車の後部座席へ視線を向ける。しかし窓はスモークガラスで人の姿を確認できない。

「はい。上司――うちの社長が」

「社長……って、社長さん、ですかっ？」

「ええ」

あすかの顔から血の気が引いた。社長ということはヤのつく職業の人ではなさそうだが、きっと多忙だろう。対応を急がねばならない。

「……警察、呼びます」

あすかがスマホを取り出そうとしたら、佐賀里に制止された。

「いいえ。その必要はありません」

「え、でも……」

事故が起きたとき、怪我がなくとも警察へ連絡する義務がある。損害賠償《ばいしょう》額が関係する過失割合を決めるためにも、警察が作成する実況見分調書《じっきょうけんぶんちょうしょ》が必要だからだ。

しかし佐賀里は淡々と述べた。

「先ほどご自分でもおっしゃったでしょう？　飛び出してきたのはあなたですよ。ほら、車に傷がついていています。弁償していただかなくてはいけませんね」

「だから、あの、警察を呼ばないと……」

「ええ、その必要はありませんね」

「へ？　いや、け、警察……」

なぜか話が噛み合わない。あすかは不安に襲われた。

警察を呼ぶべき状況なのに、佐賀里はそれに応じようとしない。そんなやり取りが続いたのだから、マイペースで鈍《にぶ》いと言われることのあるあすかでも不審に思った。

警察を呼ばれるとなにかまずい事情でもあるのか、と。

（……どうしよう……）

内心で頭を抱えながら思案する。

（どうすれば――っ！）

そのとき、ふと自分の手首に巻かれた腕時計が目に入り、あすかははっとした。

「――ああっ！　時間が……っ」

「時間?」

「きょ、今日、大学の試験なんです! それで急いでいたら、突然自転車のブレーキがきかなくなって、飛び出しちゃって……。ああ! やばい、遅れる!」

(このままじゃ試験に間《ま》に合わない……! でも、事故現場から離れちゃまずいよね!?本当にどうしよう……っ)

こうやって考えているあいだも時間が過ぎていくばかりだ。

おたおたと慌て出したあすかをよそに、佐賀里はおもむろに車の後部座席へ近づく。するとスモークガラスがわずかに下がり、車中の人物と佐賀里が短くやり取りをした。そして彼はあすかに向き直る。

「失礼」

「……っ。あの、すみませ――」

「先ほど渡した名刺、出していただけますか」

いきなりの話題転換にあすかはしばし目を瞠《みは》ったが、言われたとおり名刺を取り出す。

「……これ、ですよね」

「ええ、それです。このあと試験なのですよね? では試験が終わりましたら、そこに書いてある住所のビルにいらしてください。受付で私の名刺を出せば済むよう、話を通しておきます」

「え……それはどういう……」

あすかは理解が追いつかず、まごつく。

「ところで時間は平気ですか」

「あっ！」

佐賀里の一言ではっと我に返り、あすかは手渡された名刺と佐賀里の顔を何度も見比べる。彼はすでに話を終えたつもりらしく、それ以上はなにも言わなかった。

このままでは本当に試験に遅れてしまう。しかし接触事故の相手との話し合いが終わっていないのに、この場を離れても平気なものなのか。

あすかはしばらく逡巡《しゅんじゅん》したが、天秤《てんびん》は目先のことに傾いた。

「……っ、すみません。絶対に、試験が終わったらそちらへうかがいます！」

勢いよく頭を下げ、急いで壊れた自転車を押し始める。

あすかは去り際に振り返って、もう一度叫んだ。

「絶対に！　試験が終わったら、謝罪と話し合いに行きますからー！」

それだけ言うと全速力で大学への道筋を辿った。

そして、定刻のぎりぎりで試験会場に滑り込み、あすかは試験を受けることができた。

しかし事故後で平静ではなかったからか、出来は散々だった。単位取得に必要な点数を取れたかどうか、微妙なくらいだ。

試験が終わり事故後の対応を思い返すと、血の気が引いた。その場で警察に連絡しなかったばかりか、証拠として接触箇所を写真に残すことを忘れていたのだ。これでは今朝の事故でついた傷がどれなのか明確にできない。なんと間抜《まぬ》けなのだろう。

（もしも朝まで時間を戻せたら、絶対に警察を呼んだのに……）

考えてみれば、病欠で試験を受けられない学生のための再試験が、来週行《おこな》われるはずだ。事故があったことを証明できれば、今日の試験に間《ま》に合わなかったとしても再試験を受けられたかもしれなかった。

けれど後悔しても後の祭り。あすかは渡された名刺に記載された住所へバスで赴《おもむ》いた。

「ここ……だよねえ」

七月の太陽に照らされながら、悠然とそびえ立つビルを見上げる。周りはオフィス街で、自分のような学生はほとんど見かけない。スーツに身を包んだ大人ばかりで場違いな気がする。

しかしこのまま逃げるなんてできない。事故を起こして責任も取らずに逃げるなど、許されぬ行為だ。

「女は度胸、女は度胸だ……！」

妙に男らしい台詞《せりふ》を唱え、額《ひたい》に滲《にじ》む汗を拭《ぬぐ》ってから、あすかは近代的なビルに足を踏み入れる。清潔感のあるエントランスに圧倒されつつ、とりあえず受付へと向かった。

受付嬢に今朝もらった名刺を見せると、彼女は「少々お待ちください」と電話で連絡を入れる。そして一言二言話をすると、受話器を置いてあすかに笑みを向けた。

「そちらのエレベーターで最上階まで行ってください」

「あ、はい。わかりました」

（最上階……）

緊張を隠せないまま、言われたとおりエレベーターで最上階に向かう。その最中、もらった名刺を何度も見直した。そこには『社長秘書』と印刷されている。

（このビル全部、この会社のものってことはないよね。そんな大物の車を傷つけちゃったとしたら、とんでもない弁償額を提示されるかも……。うう、だめだ、怖くなってきた）

いやな想像を膨《ふく》らませているうちに、エレベーターは最上階に到着して、扉が開く。

おそるおそる降りると、今朝会った美貌《びぼう》の男――佐賀里がいた。

「お待ちしておりました」

「あ、の……こんにちは」

あすかはぺこりと頭を下げる。そのとき、「まさか本当に来るとは」という小さな声が聞こえた。

（……あたし、信用されてなかったんだなあ）

あすかの顔に自嘲《じちょう》気味な苦笑が滲《にじ》んだがなんとか顔を上げると、佐賀里は廊下の奥にある扉を示した。

「どうぞこちらへ、古籍あすかさん」

「あ。はい」

しかもばっちり名前まで覚えられていた。学生証を見せたので当然といえば当然なのだが、名乗る前に呼ばれると背中がひやりとする。

「あ、改めまして、古籍あすかといいます。今朝は本当にすみませんでした」

「いいえ。謝罪は中でお待ちの社長にお願いします」

「あ、社長さんに……」

重い扉を開けて、さらに奥にある部屋へ促《うなが》された。

ぶつかった車に乗っていた最高責任者が社長なのだから、その人物と話をしなくてはならない。わかっていたのにいざ対面するとなると、とてつもなく緊張する。なにせ今まで、社長なんて立場の人に会ったことすらないのだ。

粗相をしないか心配でたまらない。どくどくと鼓動が大きく響き、まるで耳元で心臓が鳴っているみたいだ。

そんなあすかをよそに、佐賀里は二枚目の扉をノックして声をかける。

「社長、いらっしゃいました」

彼は返事を待たずに扉を開けた。その部屋の中央には重厚なテーブルと革張りのソファーセットが置かれている。さらに奥にある格式高い執務机に男が座り、電話をしていた。

しかしこちらに気づくと、躊躇《ちゅうちょ》なく受話器を置く。相手の都合などお構いなしの行動に目が点になる。

（……すご。いいのかな）

執務机に座る社長と思《おぼ》しき人物は、顔を上げてこちらを見た。

「よう。来たな」

「あ、あの、今朝は本当にすみませんでしたっ」

あすかは気づけば、男の視線を避《さ》けるように頭を下げていた。

（……やっちゃったー……！）

正直に言えば怖気《おじけ》づいたのだ。事故を起こしてしまった非があるあすかは、相手の視線に耐えられる自信がなくて、怯《おび》えてしまった。車を傷つけた上に相手の視線を避《さ》けるなんて失礼な態度をとっては、きっと男は怒るだろう。

怒鳴られるかもしれない。ぎゅっと唇を噛んだ。

「ああ、いい。顔を上げろ」

――しかし予想と反してどうしたことか。相手の声に怒りは含まれておらず、むしろ機嫌がよさそうに聞こえた。

（……あ、あれ。怒って、ない、……？　もしかして聞き間違い、とか）

いや、そんな都合のよい間違いがあるはずもない。あすかは不安を覚えながらも、そろそろと顔を上げる。

そして、社長らしき人物の顔を目にした瞬間――

（……は？）

それまで胸中で渦巻《うずま》いていた不安や迷いなど、完全に消え去った。思わず、ぽかんと口を開けてしまう。

三十歳そこそこの社長と思《おぼ》しき男は、色味の濃いスーツを身にまとっていた。座っていてもわかるほど長身だ。一見軽そうに見えるものの、自信に満ち満ちた精悍《せいかん》な顔つきと少し垂れた目尻が印象的な美丈夫《びじょうふ》である。あまり異性に興味を持たないあすかでさえ、惚《ほ》れ惚《ぼ》れするほどの容貌《ようぼう》だ。

「どうした」

男は怪訝《けげん》そうに問いかけてくる。しかしそれに答えず、あすかは叫んだ。

「……若《わか》っ！」

端整な男が眉間にしわを寄せた。

「……なに？」

「社長さん、若い！　え、本当に社長さん⁉　うわあ、しかもめちゃくちゃ格好いい！　全然想像してたのと違ったし！　社長さんっていうから、てっきりもっとおじさんなのかと……っ」

そこまで言ったところで、はっと自分の失言に気づくあすか。慌てて口を押さえたがもう遅い。ちらりと視線を向けると、社長と佐賀里は予想外のことを言われた、という顔をしている。

やってしまった。ありえない大失態を犯《おか》してしまった。

（ひいっ、しまったあああ！）

あすかはうな垂《だ》れ、目を閉じた。うっかりにもほどがある。

（なんてことを……っ。やばいやばいやっちゃった、やってしまったよ！　あたしのあほーっ！）

「……すすす、すみませんごめんなさいっ」

まるで子どものように身体を小さくして謝った。謝罪して許される失言じゃないことはわかっているけれど、謝ることしかできない。じわりと涙が浮かんでくる。

（絶対怒られる……！）

ところが、社長の反応はまたも予想外のものだった。

「俺は想像していたよりも若いか」

「……へ？」

顔を上げると、彼は楽しそうに口元に笑みを浮かべていた。

あすかは呆気にとられ、内心で首をひねる。こういう場合は怒鳴り散らされるものではないのか。そのために呼び出されたのではないのか。

理解の追いつかないあすかに、社長が唐突に言う。

「それより腹が減ったな」

「……っ、はい？」

「昼はまだだろ？　付き合え」

（は、え、い、いきなりっ？　昼って、お昼ご飯？　今？　今から？　え、ええっ？）

男は椅子から立ち上がり、まだ頭が混乱しているあすかに近づいた。

「名前は」

「古籍あすかさんです」

そばに控えていた佐賀里がすかさず答える。

「あすかか。よし、あすか。おまえはなにが食いたい？」

「え、あ、う、っと、お、お寿司っ」

思わず素直に好きなものを答えてしまったあすか。しかし答えた直後、こんな状況で馬鹿正直に返事をする者などいないと気づく。社長もそう思ったのか、くっと喉《のど》を鳴らして笑っている。そしてあすかの肩に腕を回した。

「行きつけの店に連れて行ってやる」

「……っ」

(肩！　ぎゃあっ)

突然触れられたため心の中でかわいくない悲鳴をあげたが、幸いにも唇からもれ出ることはなかった。

(え、ほ、本気？　本気で言ってるの？　これ)

社長は決定事項だとばかりに歩き出す。それを、秘書の立場にある佐賀里が引き留《と》めた。

「社長。このあと会食の予定が入っていることをお忘れですか」

「断っとけ。俺はあすかと飯を食う」

「……っ」

(なんでもいいから、肩を抱く手を外してーっ)

反論をしようにも声が出てこない。あすかは事態についていけず固まるのみだ。

そんな彼女をよそに、佐賀里は上司に向かってため息をついた。

「まったく……勝手な都合で予定をキャンセルなさるのは、社長としていかがなものかと思います」

「おまえこそ俺の目を盗んでは楽しんでるだろうが」

「人聞きの悪い。私は自分の仕事に責任を持っていますよ。仕事を放って会ったばかりの女性を強引に食事に連れ出したりはしません」

「思っていた以上に面白いからな。もっと知りたくなった」

（……？　なんの話をしてるんだろ？）

すぐそばで会話が飛び交っているのに、さっぱりついていけない。

「どうせ、役に立たないくだらねえ話を延々とするような相手だ。俺じゃなくてもいいだろ。佐賀里、代わりにおまえが会食に行けよ」

「お断りします。そうですね、私も先方の無駄話にはほとほと呆れていましたから」

綺麗な顔をして辛辣《しんらつ》な言葉を吐く佐賀里に、あすかはびっくりした。しかしこれが彼の本来の姿なのだろう。その証拠に社長はまったく驚いていない。

「キャンセルします」

「ああ、任せた」

そして結局、会食はキャンセルされる運びとなった。

呆然としていたあすかは、再び歩き出した社長に肩を抱かれたまま、部屋から連れ出される。それから彼は、会社の裏に停まっていた車に乗り込むまで一言も発しなかった。

そんな彼に気圧《けお》されつつ、あすかは車に押し込まれたのだった。

人間とは実にゲンキンな生き物だと思う。

車が向かった先は、社長がひいきにしているという寿司屋だった。カウンターに座って、頼んだ寿司を職人が目の前で握ってくれる店だ。回転寿司屋でしか寿司を食べたことがない庶民のあすかは恐縮しきりで、借りてきた猫のように寿司が握られる様子をただ眺めていた。

ところがトロの炙《あぶ》りを目にした途端、テンションが上がってしまった。今朝は寝坊して朝食を食べられなかったので、実はかなり空腹だったのだ。

「すごい！　すごく美味《おい》しそう！」

自分がなぜ社長に会いに来たのか、あすかの頭からは抜け落ちていた。隣に座る社長に対して当初抱《いだ》いた緊張など、今はすっかり忘れている。

気づけばひとつずつ握ってもらう寿司を、次から次へと頬張っていた。

「……美味《おい》しいっ！　こんなに美味《おい》しいウニを食べたの、初めてです！」

「ありがとうございます」

思わず素直に職人に感想を伝えると、相手の表情はやわらかくほころんだ。隣で寿司を食べている社長もどことなく機嫌がよさそうである。

「美味《うま》いか」

「んっ、すごく美味《おい》しいです。社長さんっていつもこんなに美味《おい》しいお寿司食べてるんですか？」

「社長はやめろ。長門《ながと》だ。長門隆二《りゅうじ》」

なにを言われているのかわからず、あすかは小首を傾ける。彼は社長なのだから、呼び方として間違っていないはずだ。

すると社長——長門は、言い聞かせるように言葉を続けた。

「あすかは俺の部下じゃないだろ？　俺もおまえのことは名前で呼んでる。それなら、おまえも同じように名前で呼ぶのが妥当だろ」

長門としては筋《すじ》の通った話らしいが、どう見ても自分より十歳ほど年上の相手を名前で呼ぶなど無茶な要求だ。ついでに、初対面である自分に対して『あすか』と抵抗なく下の名を呼ぶのもおかしい。

「えっと……」

無理だ。さすがに呼べない。

「ほら、呼んでみろ」

「……あの」

「ほら。どうした」

何度も催促される。当然躊躇《ちゅうちょ》したが、どうやら呼ばないという選択肢は与えてくれないようだ。

だからあすかは仕方なく言ってみた。

「長門さん……で、いい、ですか？」

「な、ま、え、だ」

「う～……」

どうしても曲げそうもない意思を感じ、彼女は困り果てて両眉を下げる。

すると、あすかの目の前に出された甘エビが一貫、長門の指に攫《さら》われていく。

「ああーっ！」

「ちゃんと呼べたら食わせてやる」

「ずるい！　横暴！」

相手が年上であることも社長だということもすっかり忘れ、感情のまま叫んでいた。

「言ってみろ。早く言わなきゃ俺がもらうぞ」

「だ、だめ！　……です！」

ふふん、と意地悪く笑われる。どうやらこれは従うほかないらしい。

あすかは渋々《しぶしぶ》、長門の望みどおりにした。

「リュー……ジさん、でいいんですよねっ」

「よくできたな。ご褒美だ」

長門はにやりと口元に笑みを浮かべ、あすかの前に甘エビを戻す。戻ってきた甘エビを見て、もやもやした気持ちなど吹き飛んだ。

「いただきます！　うーん、ぷりぷり～」

やっと味わうことのできた甘エビに、にっこり頬が緩む。美味《おい》しい。これは待たされたかいがあったものだ。

「ついでに敬語もなしだ。……といっても、すでに俺にため口を利いてるから、関係ねえか」

そこでふと気づく。言われてみれば、甘エビほしさについうっかり『ずるい』だの『横暴』だのと言ってしまっていた。

「んぐ。あう、すみませ……」

「敬語なし、な」

「う……」

「なし、だ」

「……はい。じゃなくて、わかった」

「おう」

（ほ、本当にいいのかな）

けれど本人がそうと望むなら、気にするだけ無駄かもしれない。

少々納得いかない気持ちを切り替えるために、熱いお茶を一口飲む。

（……まあ、本人がいいって言ってるならいいよね、うん）

そう自分に言い聞かせ、あすかは長門に顔を向けた。

「ところで社長さ……じゃなかった、リュージさん」

早速言い間違えるとじろりと睨《にら》まれて、すぐに言い直す。

「遅くなったけど、事故のこと、保険会社と警察に連絡しようと思ってて」

そもそもこの話をするためにあすかは彼に会いに来たのだ。

「高校のときに自転車事故の保険に入ったんだよ、たしか。大学入ってからもその保険を続けているはず」

両親に手続きをしてもらったから記憶は曖昧《あいまい》だが、問い合わせればわかるだろう。

「警察には連絡し損ねちゃったけど、あたしが飛び出したのも、そっちの車に傷つけたのも事実だから、ちゃんと弁償します」

「ああ、そのことなら気にするな」

さらっと言われて、あすかは首を傾《かし》げた。

「どういうこと？」

「あすかに弁償してもらうつもりはねえってことだ」

「いやそれはさすがに……。あの佐賀里さんって人も、弁償してもらわなきゃって言ってたし」

過失があれば弁償責任は発生する。なんの責任も果たさないというわけにはいかない。

しかし長門は首を横に振る。

「あいつの言うことは真に受けるな。といっても、おまえ以外なら弁償させるがな」

ますます意味がわからない。

「そんなわけにはいかないよ。このままじゃなにも償《つぐな》えない」

「謝罪しただろ」

「それは当然というか、ただ謝っただけで……」

「そもそも、弁償させるつもりなら飯に誘わないだろ。さっさと金払わせるなりなんなりしてる」

「いやいやいやいや。リュージさんの気持ちはわかったけど、やっぱりこのままなにもなしじゃだめじゃないかな。事故の過失はこっちにあるわけだし。……正直、難しいことはわからないから、保険会社に任せることになると思うけど」

なにせ事故を起こしたのは初めてなので勝手がわからない。

「変なところで頑固だな。……わかった、示談にする。じゃなきゃあすかは納得しそうもないしな。これでいいか」

「うん」

一番引っかかっていた件がとりあえずまとまった。あすかは、ほうと息を吐く。

「まあ、これでおまえの気がかりが片づくなら構わないが、これ以上あすかと金銭が絡む関係になるっつーのは、避《さ》けたいところだ」

長門はがりがりと首の後ろを掻いた。

「今回俺は、おまえにせがまれて、断った弁償を受けることになった」

「そう、だね」

「あすかの要求に俺は仕方なく、いいい、不本意だが、折れたかたちだ」

「う。そうだ、ね」

「あすかの意を叶えたわけだな」

「う、うん」

「つまり俺はなにかしら、褒美をもらってもいいと思わないか」

「褒美？」

唐突すぎる話に何度もまばたきする。

「俺は主張を曲げてまで、あすかの希望を聞いたわけだしな」

「そ、そっか。あれ、そう、なのかな？　……まあいっか」

（なんか流れが変な方向へいってるような……）

引っかかりを覚えながらも、長門の言わんとしていることはあすかに伝わっていた。

「じゃあえっと、なにかほしいものがあるの？」

何気なく尋ねると、彼はまるで悪戯《いたずら》を思いついたような瞳を向けてくる。その日に射すくめられ、あすかの脳内で警鐘《けいしょう》が鳴った。

いったいどんなことを要求されるのやら、と心臓がばくばくとうるさい。

「そうだな。週に一度……いや、二度だ。俺と一緒に飯を食え」

ところが想像と大きくかけ離れたことを言われ、あすかはきょとんとした。

「飯って、今みたいに？　こうやって？」

「ああ、そのとおりだ」

「うーんと……なんで？」

その疑問は当然のものだ。提案の真意が掴めない。

あすかの問いかけに、長門はあっさり答える。

「社長なんて立場についていると、仕事絡みの相手と飯を食う機会が多い。だが、美味《うま》くなくてな。考えてみろ。相手が自分の顔色をうかがっているのを感じながら食う飯を、美味《うま》いと思えるか？」

言われるままあすかは想像してみた。そしてしかめ面《つら》になる。

「思えない……」

「それに比べて、おまえは本当に美味《うま》そうに飯を食う。美味《うま》そうに食うやつと食事をすれば、俺も気持ちがいい。だから、週に二度、俺の時間が空《あ》いたときに一緒に飯を食うぞ。もちろん俺が奢《おご》ってやるから、金のことは心配するな」

なんとも太っ腹な提案である。

あすかとしては唐突すぎる話だが、長門は冗談で言っているわけではなさそうだ。たしかに、美味《おい》しそうに寿司を食べているあすかを見て、長門も機嫌がよかった。そんな人は聞いたことがないけれど、もしかしたら人に美味《おい》しいご飯を食べさせることに楽しみを見出《みいだ》す男なのかもしれない。

(変わった人だなあと思うけど……。そういうことなら納得、かな)

どうしようかとあすかは考え込む。しかし結局、答えは決まっているも同然だった。

長門の要望は一緒に食事をすること。あすかの望みを聞き入れてもらった代わりの提案なのだから、拒否しづらい。

それに、こちらにとって悪い話でもなかった。実家からの仕送りとバイトでひとり暮らしをやりくりする貧乏学生としては、食事代が一食でも浮くのは助かる。

心配するとすれば、食事以外のいかがわしい意味が込められている可能性だが――それは考えなくてもよさそうだ。長門はかなりの美形で、女性に困ってはいないだろう。彼ほどの大人の男性が、あすかのような大学生を相手にするとも思えない。

つまりあすかに求められているのは、いち友人として週に二度ほど一緒に食事をすること。

そう捉《とら》えて、あすかは口を開いた。

「わかった。あたしたちは、リュージさんの時間が空《あ》いてるときに一緒にご飯を食べる友達ってことだよね」

大きくうなずきながら言うと、長門は軽く目を瞠《みは》った。そして一拍置いてにやりと笑みを浮かべる。

「……そうだとしたら、スマホの番号を教えてくれるだろ」

「うん、いいよ」

あすかはスマホを取り出し、長門と電話番号を交換した。

登録を終えた彼は、スマホを振りながらさらに要求してくる。

「一日に一回は連絡を入れろよ」

「え、毎日ってこと？　でもリュージさんは社長さんでしょ？　忙しいのに邪魔しちゃ悪いよ」

「俺がいいと言ってるんだ。この約束を守らなかったら、美味《うま》い店に連れてってやらねえぞ。どうせ行くなら美味《うま》いところがいいだろ」

「そりゃー……うん」

「正直なやつだな。いいか、約束だ」

長門は喉《のど》の奥で笑い、あすかに念押しした。

長門の迷惑にならないのかとか、少し強引すぎやしないかとか、あすかの心に複雑な心情が渦巻《うずま》く。しかし、美味《おい》しいお店に連れていってもらいたいのも本心だ。

ゆえにここはとりあえずうなずいておくことにした。

「……うーん、わかった」

その返事に、長門は満足げに笑みを浮かべる。それを見てあすかの気が緩んだ。

「でもリュージさんみたいな人でよかったな」

「なにがだ」

「事故の相手。だって車がめちゃくちゃ高級車だし黒塗りだったから、もしかしたらヤクザの人の可能性もあるかもって思ってたんだ。勘違いして、ちょっとびくびくしてたよ。あはは」

そう笑い、あすかはアワビを口に入れる。すると、店内が少し静かになった気がした。長門が返事をしないばかりか、寿司職人が息をのんだように見えたのだ。

アワビをのみ込んだところで、あすかはぱちぱちとまばたきを繰り返した。そして声を潜《ひそ》める。

「えーと……あたし、なにか変なこと言った？」

「いーや？」

「本当に……？」

「ああ、本当だとも。それよりも、俺がなにじゃなくてよかったって？」

長門はにやにやと笑みを浮かべて、なぜか楽しげに訊《き》いてきた。なんでだろうと不思議に思いつつ、あすかは答える。

「ヤクザの人。相手がヤクザの人だったら、なんて言われるのか想像するだけでも怖いよ」

「怖いか」

「そりゃ、怖いってー。まあ会ったこともないから、全部想像なんだけど。……リュージさんは怖くない？」

「――俺か」

「誰だって怖いと思うよねえ？」

同意を求めると、長門はこらえきれないといったふうにふき出した。そして「ははっ」と声をあげて笑う。

「リュージさん？」

どうして彼が笑っているかわからず、あすかは小首を傾けた。それにも構わず、長門はしばらく笑い続けている。ひとしきり笑ったあと、彼は目尻を下げて口元を笑みのかたちに刻んだ。

「想像以上だな、あすか。気に入った」

長門はあすかに手を伸ばし、指の背で頬を撫《な》で上げる。得体の知れないぞわりとした感覚が全身に走り、あすかはびくっと身体を揺らした。

「――っ、びっくりした。なに？」

「ん？　なんだと思う？」

「へ？」

長門の瞳の奥が鈍《にぶ》く光る。先ほどまでとまったく違う妖《あや》しさのようなものを感じ、あすかは少し怯《ひる》んだが――

「……いや、こっちの話だ。ほら、次はなにが食いたい？　遠慮せずに言えよ」

長門はすぐに目を細め、優しい笑みを浮かべた。そして小首を傾《かし》げるあすかに、上機嫌に寿司をすすめる。

こうして、住む世界がまるで違う、長門とあすかとの奇妙な友情関係が始まったのだった。

＊　＊　＊

長門隆二は三十五歳の若さながら、いくつもの会社を経営する企業人である。

だが、それはあくまで表向きの顔。本職は近衛《このえ》組直系六州《ろくしゅう》会会長という肩書きの、れっきとしたヤクザだ。とにかくやり手で、上部組織である近衛組三代目組長の覚えもめでたい。

金と権力があり、見目も悪くないため、長門には多くの女性が近寄ってくる。その中で好みの相手を選び、一晩だけの関係を楽しむこともしばしば。彼が女好きであることは自他ともに認めるところだった。

そんな長門がお気に入りを見つけたのは、七月も終わりのある日。道端《みちばた》に停めておいた車に乗り込んだ直後、自転車がぶつかってきたのだ。車内から見た事故の相手——あすかの容姿は平凡そのもの。これまで相手にしてきた女たちとは違うタイプだが、どうしてか興味を惹《ひ》かれた。

それで長門は、あすかが会社まで来るよう部下の佐賀里に誘導させたのだ。

あすかと直接会って面白みがなければ、車の修理費として金を搾《しぼ》り取ればいい。そう考えていたのに、出会い頭《がしら》でのあすかの発言、こちらの想像を裏切る言動に、長門は好奇心を刺激された。

いつの間《ま》にか、あすかに惹《ひ》き込まれ——自分のものにしたくてたまらなくなった。

だからといって、すぐにぱくりと食べてしまってはつまらない。もっとじっくりあすかのことを知り、彼女のすべてを自分のものにしたい。幸いにして、長門がヤクザだとは思っていないようだし、時間をかけて落としていくのも一興だ。

そんな考えで、あすかが天然でやや世間知らずな大学生なのをいいことに、週に二度食事をする約束を取りつけたのだった。すべては、彼女に会いたいがために。

――一日に一回は連絡を入れろよ。

それは本気の約束だったが、あすかはそれほどの拘束力を感じていなかったらしい。

事故の三日後、彼女は連絡を入れ忘れた。

そこで長門から連絡すると、当の本人はかなり驚いていた。それ以来は今のところ彼女から電話がある。

長門にとっては、楽しい時間だ。

そしてあの事故から一週間が経った昨日。事故で自転車がだめになったため、あすかは大学へ徒歩で通学していると聞いた。それならばと、長門は今日、大学まで迎えに行くと約束を取りつけたのだ。

あすかから訊《き》き出した授業終わりの時刻に、大学の正門から少し離れた場所に車を停めて待つ。しばらくして、半信半疑と顔に貼りつけたあすかが車に近づいてきた。後部座席の窓を開けて長門が顔を見せると、彼女は信じられないと目を丸くする。

「うわ、本当にリュージさんが来た……」

「なんだその顔は」

フォローが難しいほどの間抜《まぬ》け面《づら》だ。長門は思わず微苦笑をもらす。

「や……だって本当に迎えに来るとは思ってなかったんだよ。リュージさん、忙しそうだし……」

「昨日迎えに行くと言っただろ？　信用してなかったのか」

「信用っていうか……」

「まあいい。早く乗れ」

言い訳も聞かず、車に乗るよう促《うなが》す。少し戸惑いを見せたあすかが後部座席へ乗り込むと、運転手はすぐに車を発進させた。

「あすかに見せたいものがある」

「見せたいもの？」

「ああ。きっと気に入るぞ」

長門がにやにやしながら言えば、あすかはきょとんとする。何度か「見せたいものってなに？」と訊《き》かれたが、長門は「まあ待て」とかわした。『あれ』を見て驚くあすかの顔が見たいからだ。

ほどなくしてあすかの住むひとり暮らしのアパートへ到着した。車から降りると佐賀里が立っている。その姿を見て、あすかはますますわけがわからないという顔になった。

長門は片手を上げて佐賀里に声をかける。

「おう。用意できてるか～」

「お疲れさまです。例のものは、こちらに」

佐賀里が身体を少しずらすと、隠れていた物体が現れる。それは真新しい自転車だった。

あすかが口を開くより早く、長門は教えてやる。

「あすかのために選んだものだ」

「え？　あたしのため？」

あすかは目玉がこぼれ落ちそうなほど大きく目を見開いた。――そう、この顔が見たかったのだ。

「もらっていいの？」

「あすかがもらってくれなきゃ処分するだけだ」

「え、もったいないよ！」

「なら、もらってくれるな？」

半分脅しに近い台詞《せりふ》を突きつける。するとあすかは「う〜ん」とうなって悩み始めた。

しばらく考え込んでから、長門の顔を見返して再び尋ねてくる。

「……いいの？」

「遠慮するな」

「ありがとうっ」

あすかがとびきりの笑顔を向けてきた。長門はそんなあすかの頭をくしゃくしゃと撫《な》でてやる。撫《な》でるのをやめると、あすかは新品の自転車へ近づいていった。

その背中を眺めつつ、長門は佐賀里に話しかける。

「自転車、どうしてここにあるんだ。先に駐輪場へ入れとけと言っただろ」

非難を含んだ低い声だったが、佐賀里は軽く肩をすくめただけで怯《ひる》みもしない。

「こちらのアパートは男性立入禁止となっていまして、入れなかったんですよ」

「なに？」

眉をひそめた長門の声に反応したのはあすかである。

「あ、そうだよ。ここ、女性専用アパートなんだ。家族以外の男の人は入れなくて、宅配便の人でも管理人さんが対応することになってるんだよ」

家族以外の男性は立入禁止。そう聞いて、長門は不機嫌になったため、あすかは、不思議そうに小首を傾けた。

彼女は想像もしていないだろう。長門があわよくば、自転車を与えたついでにあすかの部屋へ上がり込もうなどと不埒《ふらち》なことを考えていたなんて。

彼はしばし黙り込むと、涼しい顔をしている佐賀里を、恨《うら》みを込めて睨《にら》む。

「おまえ、知っていただろ」

「ええ。存じていました」

あすかと出会ってから、佐賀里に彼女の身辺調査をさせた。住んでいるアパートが女性専用であることは、とっくに掴んでいたはずだ。それを報告しなかったのはわざとだろう。

「おまえな……その性格、直したほうがいいぞ」

「どうせすぐわかることです。それに訊《き》かれなかったので、わざわざお話しすることもないかと判断しました」

あすかに聞こえないように小声で咎《とが》めた長門に、佐賀里はしれっと返した。きっと、言わないほうが面白い――がっかりする長門の姿を見られる、などと思って言わなかったのだろう。彼はそういう、性悪な一面を持つ男なのだ。

普段は従順に動く優秀な部下なのだが、人の不幸を楽しむところがある。

それはさておき、長門は楽しみがひとつ減ったと落胆した。

いやしかし、あすかの部屋に入ることにこだわる必要はない。自分の部屋に呼べばいいのだ。

そんなよからぬことを思いつき、長門はひとりほくそ笑む。佐賀里が非難めいた視線を送ってくるが、なんのそのである。

「あーすか。そろそろ飯に行くか～」

長門が声を弾ませると、あすかは振り返った。

「あ、そうだね。ってあれ、なんかリュージさん機嫌直ってる？」

「ん？　なあに言ってる、いつ機嫌が悪かったって？」

「んん？　あれ〜気のせいかな」

首を傾《かし》げるあすかに「そろそろ自転車を駐輪場へ置いてこい」と言うと、彼女は気になっていたことをすっかり忘れたかのようにアパートに入っていった。


機嫌が直った長門は、あすかを創作イタリアンの店へ連れていった。

テーブルに並べられた料理は、どれもあすかが初めて目にするものらしい。彼女は目をきらきら輝かせ、喜んで口に運んでは、「美味《おい》しい！」「食べたことない味だけど、いけるね」と素直に感想を言う。その裏表のない反応は、長門を満足させた。

食事をしながら会話をしていると、長門の年齢の話が出たので素直に答えたら、あすかはたいそう驚いた。

「え、リュージさんって、三十五歳なの？　見えない！　もっと若いと思ってたよ」

「初対面で『若い』と叫ぶくらいだからな」

「う……、あれは忘れて」

初対面での醜態《しゅうたい》を思い出したのか、あすかは恥ずかしそうに目を逸《そ》らした。その仕草に、長門は笑みを深める。

「俺にあんなふうに言ったのは、あすかが初めてだからな。なかなか忘れられないぞ」

あんなインパクトのある出来事は稀《まれ》だ。あすかをからかう声音には笑いが滲《にじ》んでいた。

「うーん、親にもいつも言われるんだよねえ……。もうちょっと考えてから喋《しゃべ》りなさいって。口を開くと、子どもだってすぐにばれちゃうんだよなあ……」

子どもと言っているが、あすかはすでに二十歳。もう世間的には大人だ。それでも無理に背伸びせず、本来の性格をそのまま表に出す愚直《ぐちょく》さは、ある意味あすかの美徳といえた。

「あすかはそのままでいいだろ」

「へ？」

「素直なのが、あすかのいいところだって言ってるんだ」

長門が正直に褒めると、あすかは数度まばたきを繰り返し、照れくさそうに笑ってうつむいた。

「そんなこと言われたの初めてだよ」

ほんのりと色づいた目元が、子どものような素顔と相反して妙に艶《つや》を帯びている。

長門は思わず、あすかに向かって手を伸ばしたが――彼女がぱっと顔を上げたせいで、固まった。そして、行き場をなくした手を引っ込める。

（……なあにやってんだ俺は）

自分らしくない行動に、長門は内心で苦笑をもらした。

「あ、料理冷めちゃうよね。食べよっ」

照れ隠しなのか本心なのか、あすかはまた目の前の料理に意識を移す。長門は今度こそ口元に苦笑を浮かべたのだった。

長門は、十五歳も下の大学生――それも平凡で大人の女とはほど遠いあすかに執着している。自分で思っていたよりも、その執心は強いようだ。

あすかは長門がヤクザだと知らない。そのせいもあるだろうが、環境も立場も違う彼女との会話は気が楽だった。今まで付き合ってきた、浅ましい欲望をむき出しにする女たちとは違うからかもしれない。

長門はこの時間を純粋に楽しんでいるのだった。

食後のデザートの木苺のジェラートを食べるあすかへ、長門は問いかける。

「バイトは大変だろ」

あすかは駅前の飲食店で、週に三日から四日ほどアルバイトをしていると、以前聞いていた。

「大変じゃないって言ったらうそになるけど、まあまあ楽しいよ。みんないい人だし。仕送りだけでひとり暮らしをやりくりするのはきついもん。仕方ないよ」

ジェラートを堪能しながら、彼女はけろっと答える。

「でもうすぐ試験終わって、夏期休暇に入るからね。休みのあいだは、もう少しバイトを入れようかなって思ってるんだ」

「それはあまり賛成できないな」

長門はぼそっとつぶやく。

「え？　聞こえな……」

「これ以上バイトを入れるなよ。あんまり忙しいとあすかに会えなくなるだろ」

そう言うと、あすかにきょとんと見返された。その様子は少し面白くない。

「おまえは俺に会いたくないのか」

「へ？」

あすかはますます目を大きく開き、小首を傾《かし》げた。長門がなにを言いたいのかわからないようだ。頭の上に浮かぶ疑問符が見える気がする。

「どっちだ」

強い口調で重ねて問う長門。あすかはさらに首を傾《かし》げつつ、口を開いた。

「会いたくないのかって言われたら、そうじゃないけど……リュージさん、ご飯をご馳《ち》走《そう》してくれるし」

「俺は飯を奢《おご》るだけの男か。ずいぶん軽いもんだな」

「え……ああ！　ちが、えっとそんなつもりじゃ……っ」

そこまで言いかけて、あすかは口を噤《つぐ》んだ。長門には、彼女の心情が容易に察せられる。

（ないと言い切れねえよな、この状況で）

なぜなら実際、長門は『ご飯をご馳走《ちそう》する』男なのだ。それは、あすかに会う口実に、食事をともにすることを条件づけたからである。とはいえ、敢えて口にするほど無神経な人間は少ない。

それを口に出してしまったあすかは、自分の失態に気づいて眉尻を下げた。こちらの様子をうかがっている。

しかし長門はにやりと口角を上げた。

「……怒ってないの？」

「馬鹿正直な性格だなあとは思ってるぞ」

「う……。たしかにそのとおりなんだけど、さ。……気を悪くした、よね？」

あすかが上目遣《うわめづか》いで尋ねてくる。その表情を自分に向けられるのは気分がいいが、あまりに無防備なのでほかの人間にも同じことをしているんじゃないかと勘ぐってしまう。

「どうかな。まあ、まるで都合のいい男のように扱われるのはごめんだな」

意趣返しの意味もあって、長門は意地悪な態度をとった。

するとあすかは、慌てて否定してくる。

「そんなふうには思ってないよっ。リュージさんのことを都合のいい男だなんて思えないって！　だってリュージさん社長さんじゃん！」

都合のいい男だと思えない理由が社長だからというのはさっぱり理解できないが、あすか本人にはその言い分がおかしいという自覚はなさそうだ。

長門は笑いをこらえながら重ねて問いかけた。

「じゃあ、俺に会いたいだろ」

「……う、うーん」

「どっちだ。はっきりしろよ」

「う、うーん、ううーん」

悩む様子が面白くて、長門は畳みかけるように続ける。

「どっちなんだ」

「う、ううーん」

「あーすか」

うなりながら考え込んでいたあすかだが、不意に瞳を輝かせた。

「リュージさんこそ、あたしに会いたいの？」

「……なんだって？」

まさに直球だ。

「あたしにばっかり訊《き》くんじゃなくてさ。リュージさんは？　あたしに会いたい？」

あすかの向ける濁《にご》りのない瞳に少したじろいだが、それも一瞬で消した。にやりと人の悪い笑みを口の片端《かたはし》に浮かべて、長門は答える。

「当然だろ」

「ふうん。会食っていうのはそんなに面倒なんだねえ」

「……おい。なんの話だ」

わけがわからず長門は怪訝《けげん》な声を出した。あすかは「あれ？」と首をひねる。

「前に言ってたじゃん。仕事の相手と食事をするのは嫌いだって……。自分の顔色をうかがう相手と食事してたら、美味《おい》しい食事も不味《まず》くなるって」

「ああ。そういえば、そう言ったな」

「忘れちゃってた？」

「いや、忘れてねえよ」

あすかを言いくるめるための言葉だったが、本心でもあった。

六州会会長としてもフロント企業の社長としても、会食の機会は多い。どんな相手であっても仕事だからと渋々《しぶしぶ》付き合うのだが、楽しいものではない。

それに引き換え、あすかとの時間はいやな気分になることもなく、楽しいものだ。

彼女は長門の素性を知らないから、へつらうことも媚《こび》を売るようなこともない。ただ純粋に食事を楽しめる。そんな彼女を、長門は絶対に手放したくない。

とはいえ、まだ出会って一週間ほどでそう伝えるのは、時期尚早《じきしょうそう》だろう。

そこで長門は改めてあすかに念押しする。

「会食が面倒なのは本当だが、食事に誘うのはあすかに会いたいからだ。覚えとけよ」

顎《あご》に手を添えて、あすかを落とすつもりで微笑みかけた。

「で？　あすかも俺に会いたいだろ」

重ねるように問いかけられ、あすかは流される。

「あたしもリュージさんに会いたいよ。……うん、会いたいんだと思う。だって会いたくなかったらこんなふうに食事に誘ってもらっても、ついていかないしね。リュージさんに誘われるのは、全然いやじゃないもん。ってことは、やっぱり会いたいんだよね」

まるで自分に確認するような返事だ。あすかからは、まだ自信を持って断言できない迷いが滲《にじ》み出ている。

だがそうだとしても、これは喜ぶべき進歩だろう。

あすかは自分の気持ちに向き合う、最初の一歩を踏み出したに違いない。

「それでいい」

その答えに満足して、長門は口角を上げたのだった。

第二章

大学の講義室の一室。終業のチャイムが鳴り、解散になったと同時に、あすかは声をあげた。

「やっと終わったあ」

約二週間あった定期試験も、今受け終わったもので最後。明日から待ちに待った長期休暇だ。解放感でくたりと机に頬を乗せると、冷たい感触が気持ちいい。

「あっちゃーん、今日の打ち上げ、行くでしょ?」

同じ試験を受けていた友人がバッグを片手に話しかけてきた。『あっちゃん』とは、あすかの愛称だ。

「行く行くー」

「じゃあ行こ」

定期試験のあとは、友人たちと集まって打ち上げを開くのがお決まりである。女だけだが楽しい。もちろん今回も参加するつもりだった。

あすかはリュックに荷物を入れると肩にかけて、友人と並んで教室を出る。

「打ち上げってどこに集合？」

「一階にあるカフェテリア。うわあ、暑……」

すでに七月も終わり、八月に入った。じりじりと照りつける太陽の日差しに、二人は目を細めた。

そしてふと、友人は思い出したように言う。

「そういえばもう準備した？　水着とか」

「ん、なんのこと？」

あすかが首を傾《かし》げると、友人は呆れた顔をする。

「明後日《あさって》、海に行くじゃん！　まさか忘れたわけじゃないよね～」

すっかり忘れていたあすかは、「あ」とつぶやいた。

そういえば、夏の休暇中に海へ行く旅行の計画があった気がする。

「あっちゃん～？」

ずい、と顔を近づけられて、あすかは乾いた笑みを浮かべた。

「ははは……。ごめん、最近いろいろあってさあ……」

「もう……。明後日《あさって》なんてすぐだよ。準備は大丈夫なの？」

「準備はすぐできる……と思う」

「いい加減だなー。でも楽しみだよね。わたし、今年こそ彼氏を作るって決めてるんだっ」

「彼氏、ねえ……」

「だって夏だよ！　海だよ！　ただでさえ女子大で出会いがないんだから、こういう機会をフルに使わなきゃ、出会いなんてそうそうないって！」

友人は力強く拳《こぶし》を握った。今回の旅行は、あすかを含めた女四人、友人の彼氏とその友達三人、合計八人というメンバーだ。いわゆる合コンの延長線。友人カップル以外は今現在決まった相手がいないフリーなので、出会いのきっかけにはなるだろう。

この旅行のことは、試験が始まる前まではあすかもしっかりと覚えていた。

だが、ひとりの男との出会いですっかり頭から抜け落ちていたのだ。

「リュージさんに連絡しないとなあ……」

「なんか言った？」

「ううん、別に」

あすかが首を横に振ると、友人は「変なの」と笑った。

＊　＊　＊

立派な外観のビルの一室――六州会の会長室で、長門は電話に向かって凄《すご》みの利いた声を響かせた。

「ああ？　なにを言ってやがる。金を集められねえのはおまえの責任だろうが。期日は守れ。今週末までに、きっちり耳を揃えるんだな」

それだけ言うと強引に通話を切る。

「ちっ、愚痴《ぐち》を言う暇があったら、足りねえ頭を使えばいいものを」

そう吐き捨てた直後、部屋の扉が開いて声が聞こえてきた。

「ずいぶん機嫌が悪いようですねえ」

「……佐賀里か」

部屋に入ってきたのは、部下で六州会の幹部を務める佐賀里汀《なぎさ》だ。

「お疲れさまです。期日を守っていただけなさそうなのですか？」

「ああ。だが構わねえよ。使えない人間は切るだけだ」

「ええ、承知しています。そういうあなただからこそ、私はついていくのです」

長門は顔をしかめて「ふん」と鼻を鳴らした。

彼は仕事中、厳しい顔つきでいることが多い。自分についてこられない無能な人間をすぐに切り捨てるのは当然。そうしなければ組織は成り立っていかない。甘えなど必要ないのだ。

しかし、長門は物事を楽しむタイプでもある。特に気に入っているものに関しては、冷酷に切り捨てたりはしない。あすかの前では表情をころころ変え、親しみやすい雰囲長門はおもむろにスマホを開いた。そして、先ほどまでとはまったく違う声音《こわね》でつぶやく。

「あー、あすかが足りねえ」

「……また古籍さんの話ですか」

佐賀里は大げさにため息をついた。最近、長門が暇さえあれば彼女の話をするからかもしれない。

「ずいぶん執着なさっていますね。正直、あなたのことですから、すぐに飽きるのではないかと踏んでいました」

「あいつ、面白いぞ。話をしてても、目の前に好物の料理が出されたら、そっちに夢中になっちまう。人の話なんか聞きゃしねえ。俺の前で平然と――しかも美味《うま》そうに飯を食う人間なんて今までいなかったからな。それだけでも面白くて仕方がない」

あすかの様子を思い出し、長門は口角を上げる。

「それはずいぶんと興味深い方ですね」

今まで呆れていただけの佐賀里も、口元に緩く円を描いた。

「だろ?」

「会長がああいったタイプの女性を気に入るとは、想像もしていませんでしたよ。ですが、古籍さんと会うようになってからは、女遊びはぱったりでしょう？　よい傾向だと受け止めています。それまではずいぶん不名誉な噂を流されていたので」

「そんなにひどくはなかっただろ」

「自覚がなかったのですか」

佐賀里にそう驚かれ、長門は反論を躊躇《ちゅうちょ》する。

たしかに、これまでは好みの女を好き放題食ってきた。それらはいつも一晩限りの関係だったから、いい噂が流れていないのは当然である。

しかしあすかと出会ってから、長門は女遊びをやめたのだ。佐賀里が感心するのも無理はない。

「……あいつと会ってからは健全な生活をしてるだろ」

「偉そうにおっしゃることではないと思いますよ」

佐賀里の正論に、長門は口を閉じた。けれどここで言い負けるのは悔しい。

「……おまえはどうなんだ。おまえこそ楽しんでるだろうが」

「人聞きの悪いことを。私はあなたのように来るもの拒まずで相手を口説《くど》いたりはしません。あなたと違いますから。それに、夜をともにするのは同せ――」

「いい、わかった。それ以上言うな」

長門は慌てて佐賀里の言葉を遮《さえぎ》った。

「てっきり『こちら側』に興味があるのかと。会長にならば詳しくお話しさせていただきますよ」

「ねえよ。あるわけねえだろ」

「残念ですねえ」

「……おまえと話すのは疲れる」

どうにも言い負けた気がしてならない。しかし、佐賀里という男は美しい容貌《ようぼう》とは裏腹に辛辣《しんらつ》で、普通の男なら耳を塞ぎたくなるようなことを平気で口にするのだ。これ以上付き合えば、こっちが疲れるだけだと判断し、長門は口を噤《つぐ》んだ。その代わり、気分が上昇する提案を口にする。

「あすかに会いに行くか」

「会長。それは仕事を終わらせてからにしてください。まず、この報告書に目を通していただきます」

「……わかった」

優秀な片腕に長門は内心舌打ちしながら、今日も必ず入るだろうあすかからの連絡を楽しみにしていた。

自分でもおかしなものだと思う。十五も年下の女からの連絡を楽しみにしているだなんて。だが、長門の言いつけどおりあすかが自分に連絡してくれると思うだけで、面倒な仕事も片づけられる。そんな自分に一番驚いているのは長門自身だ。

　しかし、長門の機嫌を急降下させる出来事がすぐに起こったのである。

＊＊＊

　試験の打ち上げのあと、あすかはいつもより早い時間に長門に電話をかけた。

「もしもしリュージさん？」

『あすかか。試験はどうだった』

「うー……訊《き》かないで～」

　痛いところを突かれたあすかは、情けない声をあげる。長門のかすかな笑い声が電話越しに届いた。

「笑いごとじゃないよー」

『笑ってないだろ』

「うそつき！　笑ってるの、電話越しでもわかるよっ」

　あすかがむっとして言い返すと、長門は今度は声を出して笑う。

「リュージさーん……」

『ああ、悪い悪い。つい面白くてな』

「面白くないよっ。こっちにとっては大問題なんだから。ああ、単位取れなかったらどうしよう」

　頭を抱えるあすか。すると長門は、苦笑の混じった声で言った。

『からかって悪かった。機嫌直せよ、あすか。そうだな、今度服でも買ってやる』

「服ー？　いいよ、そんなの悪いし」

『遠慮するなよ』

「いやいや、遠慮するよ」

　いきなり服を買ってやると言われ、そう簡単に『ありがとう』と返す人間がどれだけいるだろうか。あすかにも一応、遠慮というものはあるのだ。

「なんでいきなりそんなことを言うの？」

『前々から思ってたことだ。食事もいいが、あすかに好きな格好をさせてやりたいってな』

「好きな格好？　してるよ、これでも」

『それは好きな格好じゃなくて、楽な格好だろ』

「はっきり言うなあ。まあそのとおりだけど」

　あすかはかわいさより、金銭的に負担の少ないお買い得で楽な格好を好んでいた。それは経済的な理由と、自転車通学にはラフな格好が適しているからだ。

「そりゃあ、おしゃれしたいって思うことはあるけど……。実際おしゃれを優先している余裕なんてないから、いいんだよ」

『だから買ってやるって言ってるだろ。遠慮するな。俺が買ってやりたいんだから、あすかは自分が我慢してたものや諦めたものを素直にほしいって言えよ』

「リュージさん……」

『俺に甘えろよ、あすか』

彼がどうしてここまで自分を甘やかそうとするのか、あすかにはわからなかった。

それはさておき、やはり長門の申し出には素直にうなずけない。しかし、真剣な彼をはっきり拒絶することもできなかった。

だからあすかは苦し紛れに話を後回しにする選択をとる。

「……その話はまた今度、今度ねっ」

『おい』

「それより今日は話があるの！」

『話？』

なんとか話題を切り替えることに成功した。というよりも、もともと本題はこちらだ。

「今週末は一緒に食事に行けないんだ」

『なにかあるのか』

長門の声が若干低くなった気がする。しかし気のせいだろうとあすかは続けた。

「友達に海へ行こうって誘われててさー。思い出したの、ついさっきなんだよね」

『海だと？』

「そうそう。大学の友達とか、その子の彼氏とか何人かで、海へ遊びに行くんだよ」

『男と一緒なのか』

「ん？　そうだよ。男の子四人、女の子四人の計八人。車二台でね」

『俺よりガキをとるだと……？』

楽しそうに話すあすかの声を、長門が遮《さえぎ》る。しかしその声はくぐもっていて、よく聞こえない。

「え？　なに、聞こえなかった……」

『──いつだ』

「へ？」

『それはいつの話だ』

そのとき、あすかは長門の声がいつもより低いとはっきり感じた。しかしその変化の理由はわからず、首を傾《かし》げながら答える。

「えっと、明後日《あさって》だよ。朝の七時に迎えに来てくれる予定で──」

『そうか。わかった』

彼はそう言うと、電話を切った。

「あ、ちょ、リュージさんっ？」

唐突に切れた通話に唖然としつつ、あすかはスマホを見つめる。

「なんか変だったなリュージさん……どうしたんだろ」

考えても答えは見つからない。ただわかったのは、彼の機嫌がずいぶん悪そうだったことくらいだ。

「もしかして食事に行けないって断ったのがまずかったのかなー……。うーん……あ、やばい。早く旅行の準備をしなくちゃいけないいんだった」

あすかはあまり物事を気にしない性格だ。長門の機嫌が悪くなった原因を考えるのを諦め、海へ行くための準備を再開したのだった。


それから二日後の朝。あすかがアパートの前で待っていたら、そばに見慣れないシルバーの車が停まった。その助手席から友人のひとり、花江《はなえ》が顔を出す。

「あすかちゃーん。こっちこっち」

「おはよう。晴れてよかったね」

リュックを肩にかけたあすかが近寄ると、花江はそのまま指で運転席を示す。そこには花江の彼氏がハンドルを握っていて、お互いに簡単な自己紹介を済ませた。

「じゃあそろそろ行こうか。もうひとり迎えに行くからさ。あすかちゃんは後ろに乗ってくれる？」

「わかった」

花江の言葉にうなずいて、あすかが後部座席のドアに手をかけたそのとき――

「あすか！」

突然名前を呼ばれ、びくりと肩を震わせる。振り返ると、いつの間《ま》に停まっていたのか、黒の高級外車の後部座席から見覚えのありすぎる人物が降りてきた。

「あれ、リュージさん!?」

どうしてここにいるのだろう。それもこんな朝早くに。

大股で近づいてきた長門は、あっという間《ま》にあすかの目の前にやってきた。

「どうしたの？」

びっくりするあすかに構わず、長門は無言のまま腕を掴んでくる。

「え、わ、わ、な、なになに!?　なにっ!?」

「来い」

「リュ、リュージさん!?」

驚いて抵抗しようとするが、大人の男性の力に敵《かな》うはずもない。力任せに引っ張られ、ずるずると引きずられるかたちで花江たちの車から引き離される。

「ちょ、なん……」

「黙れ」

「……っ」

なにがなんだかわからない。とりあえず腕を離してもらいたいのに、それを口に出せなかった。

長門は力強くあすかの腕を掴み、こちらをいっさい振り向かずにぐんぐん進む。彼の背中からは、今まで感じたことのない雰囲気が放たれていた。あすかの背筋に冷たいものが走る。

怖い。今まで長門のことを怖いと感じたことなどないのに、異様な恐怖感があすかの身体を包んだ。

抵抗できずに、あすかは長門が乗ってきた高級外車の後部座席に押し込まれる。

しかしそれをそのまま見過ごせないのは、目の前で友人を攫《さら》われた花江だ。

「……あ……あすかちゃん！」

それまで呆《ほう》けていた彼女は、はっと我に返り、助手席から呼び止めようとした。しかし、長門と目が合って一瞬で青ざめる。そして花江は口を噤《つぐ》み、黒い外車を見送ったのだった。

ほとんど力ずくで車に乗せられたあすかは、いつもなら文句のひとつも口にしていただろう。けれど、この状況下で口に出せる勇気はさすがに持ち合わせていなかった。

ただとにかく花江にスマホで謝罪の連絡を入れ、『自分は大丈夫だから心配しないで。海には自分以外のメンバーで行ってほしい』と頼んだ。

それを終えると、静かというよりも息苦しいくらい重い空気の車内で、自分の腕を掴んだまま離さない男を見上げる。

長門はあすかよりずいぶん年上で、社長という社会的にも地位のある男だ。しかし、それを鼻にかけた言動をされたことも、傍若無人《ぼうじゃくぶじん》に振る舞われたこともない。彼はあくまで正当な手段——多少強引であろうとも、相手を納得させてから行動に移す人物だと、あすかは認識していた。だからこそ信用していたし、すんなりと『友人関係』になりえたのだ。

けれど今はどうだ。彼はあすかの意思など確認せず行動し、すべてをねじ伏せてしまうほどの強い威圧感と口も挟めない緊張感を放っている。

こんなやり方は長門らしくない。こんな姿は知らない。

そう思うのに、あすかは緊張で言葉が紡《つむ》げなかった。長門の雰囲気がそれを許さないのだ。

車内の時間は喉《のど》が渇くほど長く感じられ、車が停まったころにはぐったりと疲れ果てていた。

先に降りた長門に引っ張られて、あすかは外に出る。そして見上げた建物にぽかんと口を開けた。

それは以前訪れた長門の会社のあるビルとは別の建物で、一見普通のビルである。しかし入り口から姿を見せた男たちは、普通のサラリーマンとは到底思えない雰囲気を持つ人種だったのだ。

「お疲れさまです！」

一斉に飛んできた野太い声に、あすかはぴしりと固まる。けれど長門は気にも留《と》めず、あすかを見せつけるように引きずりながら、頭を下げる男たちのあいだを進んだ。

時折、訝《いぶか》しむような視線が彼女の背中に突き刺さる。とにかくこの場から逃げ出したくなったが、それを見越したように長門が強く腕を引いたせいで、逃亡は叶わなかった。

ここがどこかとか、あの人たちはいったいなんなのかとか、どうして自分を連れてきたのかとか、訊《き》きたいことは山ほどある。しかしどうしても口に出せない。

あすかは背中にじっとりと汗を掻きながら、おとなしく長門についてエレベーターに乗った。

エレベーターを降りた長門が、とある部屋を開けた途端、中にいた数人の男たちが立ち上がる。屈強な体格の男性たちが、野太い声をあげた。

「お疲れさまですっ」

「ああ」

「会長、おはようございます。今日は……おや、珍しい。お客様とご一緒でしたか」

その中に見知った顔があり、あすかは目を丸くした。それは一見すれば女性と見まがうほどの容貌《ようぼう》の男、佐賀里である。

「……さ、がり、さ……」

やっと声が出せたのは、知っている顔を見た安心感からだろう。

「……佐賀里さんだ」

安心したら、へにゃりと身体の力が抜けた。それが伝わったのか、長門があすかの腰に手を回し支えてくれる。けれど、もはや悲鳴すら出てこない。

「古籍さん。いらっしゃい」

「あれ、でも佐賀里さんがどうしてここに……？　それに『会長』って……」

（誰のこと？）

そう考えながら、自然と長門を見上げていた。ここにきてようやく長門が視線を落とす。いつものからかいが混じった瞳ではなく、どこか真剣さをうかがわせて、じっとあすかを見下ろしている。

「リュージさん、社長さんじゃないの……？」

ぽつりと尋ねると、佐賀里が呆れたように言った。

「会長。古籍さんには、まだお話しになっていらっしゃらなかったんですか」

「ああ。もう少し経ってからと考えてた。そのほうが面白いだろ？　びっくりさせるのもいいが、今はまだ怖がらせるだけだと思ってな。けど状況が変わった」

「――そうですか」

たったそれだけで意思の疎通を終えた二人とは反対に、あすかは取り残されている。二人の会話の内容が、どうものみ込めない。

「あの、なんの話……？　それに、ここどこ……」

きょろきょろと見渡す。先ほどまでいたほかの男たちは下がらせたのか、いなくなっていた。ここにはあすかと長門、そして佐賀里の三人の姿しかない。

先ほどまでいた男たち――屈強な体格をした強面《こわもて》の男たちや、素人目《しろうとめ》でも明らかに一般人とは思えないほど癖のある男たちの姿が、あすかの脳内に浮かび上がる。

（……気のせい、かな。……あの人たちって、もしかして、ヤ……いや、そんなわけない）

頭の片隅に浮かんだとある単語を消そうと、あすかはふるふると頭を振った。

勘違いだ。そうに違いない。

そう何度も自分に言い聞かせるが、その単語をどうしても口にしそうになって口元を覆《おお》う。

（どうしよう、このままじゃ危《あや》うくぽろっとこぼしてしまいそうだ）

あすかは縋《すが》るように長門を見つめ、はっと息をのんだ。

彼から、先ほどの男性たちと同じ雰囲気……いやそれ以上に近寄りがたいものを感じたからだ。それは一度近寄ったら到底無傷では済まないだろう、圧倒的な存在感と獰猛《どうもう》なまでの威圧感である。

あすかは動揺のあまり、口から手を離してしまった。

「ね、ねえ、リュージさん。なんかここってまるで……」

「『ヤクザの事務所みたい』？」

自分の考えを読み取ったのか、寸分たがわぬ台詞《せりふ》にどきりとする。声がしたほうを見ると、声の主である佐賀里が軽く目を伏せ、謝罪した。

「申し訳ありません。そう顔に書いていらっしゃるようにお見受けしましたので、つい口に出してしまいました」

「あ……そ、です……か」

なんだか恥ずかしくなった。頬をつねる仕草で逃げようとうつむいたが、降ってきた声で引き留《と》められる。

「そのとおりですよ」

思わず顔を上げると、佐賀里が美しく微笑んでいた。怖いほど凄惨《せいさん》な微笑みに、あすかの喉《のど》がひくりと上下する。

「ここはヤクザの事務所です」

断言され、あすかはぱちぱちと何度もまばたきを繰り返した。

「ヤ、ヤクザって……あの、ヤクザ……？」

「ヤクザにどんな種類があると思っているのか興味がありますが、とりあえず古籍さんの思い描いているヤクザで間違いないと思いますよ」

あっさりと肯定される。

あすかは頭を抱えた。近寄りがたい雰囲気を持つ男たちとこの建物から予想していたものの、まさか本当にそうだとは到底信じられなかった。いや、信じたくない。

しかし佐賀里が肯定したのだから、たしかにここがヤクザの事務所で、ここにいた男たちはもちろんヤクザなのだろう。

（でも、おかしいよね？　どうしてここに『社長』のリュージさんや、『社長秘書』の佐賀里さんまでいるんだろう……）

「……リュージさんは、なんでここにいるの……？」

あすかの問いかけに、長門は少し肩をすくめて答えた。

「もちろん、俺がヤクザだからだ」

それはまたも信じられない言葉だった。

あすかはぱちくりと目を丸くする。言われていることがわからず、きょろきょろと視線を動かした。そして再び長門を見る。

「……誰が？」

「俺が」

「……リュージさんが？　うそだあ」

「うそなんか言うか。それともなんだ。俺はヤクザには見えねえって言いたいのか」

「見えないとかそういうんじゃなくて……え？　いつから？」

あまりの驚きに、あすかの頭は上手く働かない。

「最初からだ。あすかに会う、ずっと前からな」

「しゃ、社長さんっていうのはうそなの……？」

「うそじゃねえ。あれは俺が経営しているフロント企業だからな、表向きは社長という肩書きが正しい」

「じゃあやっぱり、社長さんなんじゃん」

「だからそれは表向きだと言っただろ。本職はヤクザだ。名前だけでも聞いたことあるだろ、近衛組って」

「近衛組……？　って、あの『近衛組』……？」

あすかはヤクザ事情に詳しくないが、それでも耳にしたことがあった。近衛組は規模も構成員も大きい暴力団だ。今なお拡大の手を広げているといい、成長が著《いちじる》しいことでも有名である。

「名前だけなら聞いたことあるけど……」

「その近衛組の直系である六州会の会長が、この俺だ」

「ろく……しゅうかい？」

「そうだ。ここは六州会の事務所だ。わかったか？」

情報を整理したあすかは、不意にぱっと顔を上げ、まじまじと長門を見つめる。

「なんだ」

「会長って……リュージさん、その、ろくしゅうかい……の中でも、偉い人なの？」

「俺がトップだ」

「トップ……？　一番ってこと？」

「ああ」

長門は落ち着いていて、声を荒らげるでも腕を振り上げるでもなく、冷静に答える。

あすかはやっと彼の言葉の意味を理解し始め、緊張で顔が強張《こわば》った。

「ヤクザは怖いか」

静かな問いかけに、あすかはびくっとする。動揺を抑え、拳《こぶし》を握りしめた。

「こ……っ、わく、ない……」

「うそつけ。そんなに震えてるくせに我慢するなよ。怖いんだろ」

あすかの身体は、意図せず細かく震えていた。その様子を目にし、長門の口元にははっきりとした苦笑が滲《にじ》んでいる。

震える唇をきゅっと引き結び、今度は素直に口にした。

「……こわい、よ」

「今度はやけに正直だな」

「だ、だって……怖いに決まってるよっ。怖くないわけないじゃん！　リュ、リュージさんがヤクザの人だなんて、これっぽっちも思ってなかったし、そ、それに……っ」

言いかけてはっと口を噤《つぐ》んだが、長門は続きを催促してくる。

「なんだ。途中でやめるな、言ってみろよ」

「……それにびっくりして、なんか頭おかしい……。ちょっと整理できない。リュージさんがヤクザの人だなんて……なんか、ちょっと、わけわかんなくなってきた……。あたし、社長さんだって思ってて……、でも社長さんじゃなくてヤクザの会長さんで……」

長門の正体を知って、はいそうですかと受け入れられるほど、彼女は考えなしでもなかった。あまりの混乱でものをよく考えられず、あすかは頭を振る。

「か、帰る……」

絞り出すようにそれだけ言うと、あすかは長門の腕を振り解《ほど》いた。そしてぎくしゃくとした足取《と》りで部屋を出て、足早にエレベーターへ進む。

引き留められるかと思ったが、声をかけられることもなかった。

しかしビルを飛び出したところで、追ってくる人がいた。

「――古籍さん」

「……っ、さ、佐賀里さん」

あすかは足を止めて振り向く。焦りと困惑と混乱で息の乱れたあすかとは違い、佐賀里は夏の暑い日差しの中でもさらりとスーツを着こなしている。

「驚かせてしまいましたね。改めて謝罪いたします。申し訳ありません。送っていきますよ」

「え、いいです。い、いらないですっ」

「素直に送られなさい」

聞き分けの悪い子どもを諭《さと》すように言われ、ぐっと息を詰めた。これ以上逆らえないと直感で悟《さと》る。どこにも隙が見当たらないのだ。

佐賀里の指示で事務所の表に回された車にあすかは乗り込む。ゆっくりと動き出した車中で、意を決して尋ねてみた。

「……佐賀里さんも、その、ヤクザ……なんですか」

「ええ。そうです」

「じゃ、じゃあ、社長秘書っていうのは、リュージさんと同じで表向きの職業なんですか……」

「私は会長の補佐として六州会に籍を置いています。あの方が社長として動かれるならば、私がその片腕として仕事に就くのもまた、当然のことです」

さらりと告げられて、あすかは閉口する。佐賀里の言葉には、まったくと言っていいほど曇《くも》りがない。今の一言だけで、どれほど長門を慕っているのかがわかる。

「やっぱりヤクザの人なんだ……」

「恐ろしいですか」

（それは……なんて答えたらいいのか、わからない）

率直に問いかけられ、返す言葉が見つからなかった。

「誤解しないでください。あなたを責めているわけではありませんよ」

「……はい」

「我々を恐ろしいと感じる感覚が、きっと一般的でしょう。普通の方ならば」

責めているわけではないと言われても、佐賀里の一言一言が肌に刺さる気がする。

「……すみません」

「謝る必要はありません。私は謝ってもらいたくてあなたを車に乗せたわけではないのですから」

「はい……。その、……すみません」

そうとわかっていても、つい謝罪の言葉を口にしてしまう。それはやはり恐怖を感じているからだろう。佐賀里に対してもそうだが、一番はヤクザという職業に対する恐ろしさが勝《まさ》る。

しばし、車内に静寂《せいじゃく》が流れたが——

「会長に対して、憤《いきどお》りを感じていらっしゃいますか」

「……え」

不意に問いかけられ、あすかの反応は一瞬遅れた。

「今まで黙っていたのは会長に考えがあってのことでしょうが、結局は古籍さんを騙《だま》していたことに変わりはありませんから」

「……正直言うと、よくわかりません。リュージさんが自分の正体を黙ってたことは、ちょっとむっとしますけど、それで怒るっていうのは違う気がするんです。ただ……」

「ただ？」

「怖い、と思う気持ちはあります。それは……隠しようがない正直な気持ちです」

「……そうですか」

そうこうするうちに、車はあすかのアパートに到着した。あすかはなにも言わず、自分で後部座席のドアを開けて車を降りる。そこではたと、佐賀里が気分を害したのではないかとひやっとした。

しかし彼はそんな素振りを見せず、助手席から降りて見送ってくれる。

「……送っていただいて、ありがとうございました」

「いいえ。無理やり連れてきたのはこちらですので」

「そ、それじゃあ……」

あすかはぺこりと頭を下げて立ち去ろうとするが、佐賀里は声をかけてきた。

「古籍さん。会長になにかお伝えしたいことはありますか」

こちらをうかがう吸い込まれるような深い色の双眸《そうぼう》に、あすかは一時《いっとき》、時間を忘れ見入っていた。けれど我に返り、逡巡《しゅんじゅん》したあと小さく口を開く。

「あの、ひとつだけ……」

「なんでしょう」

あすかが弱々しく紡《つむ》ぐのは、今後の『友人関係』を大きく揺さぶる一言であった。

――しばらく会えない。

これがあすかからもれたつぶやきだった。

第三章

九月の頭、あすかは実家にいた。いつも大型休暇のときは帰省することにしている。

もちろん今年の夏も例外ではない。八月のお盆前にひとり暮らしのアパートを離れ、実家へ戻った。

長い休暇は稼ぎ時なのだが、今年はどうしようかと思っていた。そんなときに『あんなこと』があったせいでバイトもやる気が起きず、地元へ戻ってきたのだ。

レポートや課題はいくつか出ているので、毎日たらたらと進めている。のんびりというよりも、だらだら過ごしていると言っても過言ではない。

いつもなら帰ると早々、地元の友達に連絡を取って積極的に遊びに出かけるのだが、今年はあまり実家から出ていなかった。

それもこれもすべてあの男――長門隆二のせいである。

六州会の事務所へ連れていかれた翌日から、ぱったりと連絡を取っていない。以前は、あすかが一日でも連絡を怠《おこた》るとあちらからかかってきたのに、それすらないのだ。ずるずると連絡がないまま、すでに一ヶ月が経とうとしている。

最後に長門と会った日、佐賀里にしばらく会えないという伝言を頼んだ。それはあすかが帰省するからである。

そして実家へ戻ってきてから、あすかは気がつけばスマホを気にしていた。通知があると長門かもしれないと確認し、違ったということばかりだ。

あの日から連絡を寄こさなくなったあすかに、どうして文句のひとつもないのだろう。

考えてもわからないことばかりで、段々むかむかしてくる。

「なんで連絡ないんだよ……リュージさんのばか」

むっとしながらスマホを睨《にら》む。

「ばーか、ばーか。リュージさんのばーか」

相手に聞こえないのをいいことに、言いたい放題である。

「あーあ……」

実家の自室にあるベッドの上で、ごろんと寝返りを打って天井を見上げた。静かな部屋に、あすかのため息が大きく響く。なんだかとても虚《むな》しい。

「ばーか……」

まぶたを閉じてもう一度つぶやくと、突然軽快な着信音が鳴る。あすかは驚いてぱっと目を開けた。

「う、わっ……と」

手を伸ばしスマホを取ろうとする。だが慌てていたせいか手元から滑り落ちた。スマホの角が額《ひたい》にぶつかり、悶絶《もんぜつ》する。

「いた……！　たー……くそっ。ああもう！　もしもしっ」

痛みで涙目になるのをこらえながら画面を確認せずに耳に当てると、ワンテンポ遅れて相手が反応した。

『……なに怒ってんの』

「あーこの声……もしかして汐《しお》？」

電話の相手は、中学と高校の同級生である汐だった。

汐は姐御肌《あねごはだ》で、さばさばとした性格と猫目が特徴的な美人だ。高校卒業後は別々の進路を辿ったが、実家は近いので、正月や夏休みには気軽に会える貴重な友人である。

なんでも彼女は恋人が浮気をしていたと発覚し、ついさっき別れたところらしい。『今から飲まない？　あすかの家に行くわ』と言われ、あすかは二つ返事でオーケーした。

もともと外出するより互いの家に遊びに行くことが主だったので、こういう飲み会はたまにやる。

しばらくして、汐は酒を持って現れた。勝手知ったるあすかの部屋で寛《くつろ》ぎつつ、彼女は愚痴《ぐち》る。

「はーもうつくづく思うわ。私、男を見る目ないって」

「ん～こう言っちゃなんだけど、男運ないの高校のときからだもんね」

「……改めて言われるとへこむわ」

「あ。ごめん」

恋人がいたことがないあすかと違い、汐は高校時代から何人かと交際経験がある。けれど、そのどれもがいい終わり方をしていなかった。どれもこれも相手に問題があるの主かだった。だいたいほかに女がいるか、見栄っ張りの口だけ男か、あるいは特殊な性癖の持ち主かだった。

「あー腹立つ」

しかしつい先ほど別れたばかりだというのに悲愴《ひそう》感はうかがえない。相手に対して腹が立っているのはわかるが、それ以外の感情が見受けられなかった。これも毎回同じだ。

「また次を探せばいいいよ」

あすかはそう励ました。美人の汐はもてる。だから、次の人をと望めば、そう時間を置かずに恋人ができるはずだ。しかし彼女はうなずかなかった。

「もういい。しばらく男は要《い》らない」

「要《い》らないって」

「次も同じ目に遭《あ》いそうな気がするのよね。だからちょっと恋愛から遠ざかってみるわ」

「――そっか。とりあえず飲もうよ。いやなこともむかつくことも、飲んだらどうでもよくなるって」

「そうね。あ、つまみのほかにお菓子やチョコも買ってきたから」

「おおっ、ありがとう」

汐はここへ来たとき手に提《さ》げていたコンビニの袋から缶ビールを取り出し、あすかに手渡した。

「じゃあ、とりあえず乾杯しよう。乾杯」

「そうね。乾杯」

「乾杯っ」

それぞれ掲《かか》げた缶ビールを合わせ、ぐっと一口あおる。

「〜〜っ美味《うま》い！」

「はあー。バイトのあとの身体に染み渡るわ」

「お菓子も開ける？　お腹空《す》いた」

「そうね。お皿ある？」

「はいこれ」

いつものことなので手際もいい。大きな皿の上に、スナック菓子やらチョコレートやらを広げていく。ずいぶんな量だが、二人なら案外早く消費してしまうものだ。アルコールも進むし、つまみも進む。

それからどれくらい飲んでいたのだろう。

元恋人のことをすっかり忘れほろ酔い気分になったところで、汐がふと口を開いた。

「そういえば、あすか。あんた、なんかあったでしょう」

「へ？」

いきなり話題を振られ、あすかは目をぱちくりさせた。

「ああ。やっぱ図星ね」

面白いものでも見つけたかのようににやっとされ、あすかは慌てて否定する。

「な、なにもないって」

「いーや。なんかあったって。つーかさ、私らもう何年の仲だと思ってんの。隠したってすぐばれるんだから、隠すなっつーの」

確信した様子の汐に、あすかは閉口した。

「気になってたのよね。ほら、先週電話で話したときに、あんた、ちょっとおかしかったから。なにか考えごとでもしてるのかと思って放っておいたけど、今日会っても先週と変わってないみたいじゃない」

「……そんなに違った？」

「ちょっとね」

あすかは両手で持っている缶ビールに視線を落とす。すると汐はさらに促《うなが》した。

「さあ話してみろって」

「……きっと笑うよ」

「笑える話なの？　じゃあ笑わせてよ。今日の私は心底笑いたいわ」

「や、笑えるかどうかは……わからないけど。……呆れないでよ」

「呆れるわけない」

強く否定され、あすかの表情に笑みが戻る。

「……なんでそんなことで悩んでるんだって思うかもしれないけど、さ……。ちょっと聞いてほしいかも」

「さっさと言う」

あすかは缶ビールを持つ指にわずかに力を込めた。そして考えながらも言葉を紡《つむ》いでいく。

「友達……って呼んでいいのかわからないような友達ができたんだ」

「うん。それで？」

「たぶんきっと、普通だったら出会わないだろうなあってくらい、かけ離れた人なんだけど、ずいぶんよくしてもらってるんだよ」

「そんなにすごい人なの？」

「うん」

「大学とかバイト先とかの人じゃなくて？」

「うん」

大学生の友人といえば、そのあたりを想像するのが妥当だろう。しかし、長門はそのどちらでもなかった。

「もしかして年上とか」

「うん。えーと……結構離れてるかな」

「なにをしてる人なの？」

「あー……」

あすかは言いにくくて視線を逸《そ》らした。まさかここで『社長だと思ってたらヤクザだった』と告白できるわけもない。たとえ気を許した仲でも、この秘密は簡単に打ち明けられはしないものだ。

「なんか、会社とか……の偉い人？　かな、うん……」

「へえっ！　すごいじゃん」

曖昧《あいまい》な回答も、汐はどうやらあまり気にならなかったらしい。ほっとした。

「そんなかけ離れた人とどうやって知り合ったのよ。そっちのが不思議だわ」

当然の疑問に、ますます口ごもる。しかし、答えないという選択肢もない。

「それは……かって」

「は？　なに聞こえない」

「……ぶつ……って……」

「あんた、もうちょっとボリュームを上げてくれないと」

「……だから、ぶつかったの！　自転車で、その人の車と接触事故を起こしたのっ」

あすかの告白に、汐はびっくりしたようだ。

「あんた事故ったの⁉」

「ほ、ほんのちょっとこすっただけだよっ。怪我もしてないし、うん」

あすかがぶんぶんと頭を振りながら答えると、彼女は深いため息をついて目を細めた。

「……それで？　その偉い人と友達なんだよね、あんた。その『友達』っていうのもちょっと引っかかるけど、まあいいわ。そこは詳しく訊《き》かないことにしておく」

おそらくおかしいと思っているのだろうが、敢えて深く探られないからこそ話せる場合もある。

「その友達がなんだって？」

「うーんと……その人がさ、きっと簡単には他人に話せないような自分の秘密を教えてくれたんだ。いや、教えてくれたっていうより、隠すのをやめたって言ったほうが正しいかもしれない。でも、それが自分の許容量におさまりきらないような……想像できないことだったから、ちょっと混乱してた。ただそれだけ」

あすかの話を聞き、汐は心配そうにうかがってきた。

「その、秘密ってなに」

「……言えない。自分のことだったらまだしも、他人《ひと》のことだから」

「……まあそうよね」

汐が相槌《あいづち》を打つと、しばし沈黙が流れる。その静寂《せいじゃく》を破ったのは、彼女の一言だ。

「……ちらっと思ったんだけど、その友達って、男だったりする？」

あすかはわずかに目を瞠《みは》る。

「いや、それはないか。まさかあすかが男のことで悩むなんて、ないない。意外と男のことで悩んでるのかもって思ったけど、あすかだもんね、ないわ。あるわけない」

オーバーリアクション気味に顔の前で手を振る汐。その仕草は失礼だが、あすかはそれどころではなかった。

「う……」

どう反応していいのやら。あすかは眉間にしわを寄せる。

「えっ、なにその顔！　もしかしてマジで男なんだ！」

肯定も否定もしない。いや、できなかった。ここでどんなリアクションを見せても汐にからかわれるのは目に見えている。あすかはたまらず飲みかけのビールを口に運んだ。

「男だったら初めからそう言いなさいよー。てっきり年上の女の人かと思ってたわ」

「……別に、わざわざ言う必要ないし……」

「いや、そこは白状しておきなさいって。男か女かで意味合いが違ってくるじゃない」

「……そういうもの？」

あまり深く考えずに口に出していた手前、強く言い返せないのが本音だ。

「そういうものよ。それにしても、あすかがその人とどんな友達付き合いしてるのか気になるわ。年上で社会的に地位のある人で男ときたら、想像するのはひとつよね。興味あるわ」

「そんな興味をそそられるようなことなんてないよ。食事に連れてってくれたりするだけだし」

「『くれたりする』？　食事のほかは？」

「事故のときに自転車が壊れたから、新しい自転車をプレゼントしてもらった……かな」

「ふーん。それと？」

「なんか服も買ってくれるとか言ってたけど、さすがにそれは断った。そこまで甘えるのは悪いし」

「いや、充分甘やかされてるでしょ、それは」

少し呆れたように指摘される。

「……やっぱり？　自分でもそう思うんだよねえ」

「自覚はあるのね」

「うん。でもなんでそんなに甘やかしてくれるのかなって、いつも不思議に思う」

あすかが小首を傾《かし》げると、汐は黙り込んだ。

「ん？　なんで黙るの。なんかおかしいこと言った？　あたし」

「や……あんた相変わらずね。なんでそこまでされてて気づかないのよ。鈍感すぎるわよ、あんた」

「へ?」

「なんか相手の人が不憫《ふびん》に思えてきたわ」

「は?」

「あーでも相手があんただから、その人もわかってるか。そうじゃなきゃ、そんなに構わないだろうし」

「え?」

汐の言葉を理解できず、あすかはますます首を傾《かし》げた。

「なんのこと?」

「あんたが気にすることじゃない話よ」

「ええー……なんか、置いてけぼりをくらった気分だな」

「まあまあ。これでも飲んで機嫌直しなさいよ」

汐に新しい缶ビールを渡される。あすかはいろいろ反論したいことをのみ込むつもりで、勢いよくあおった。どこかごまかされた感があるが、アルコールを口にするとそれらも曖昧《あいまい》になる。

「……っ、は〜。美味《おい》しい」

「でもさあ、ちょっと思ったんだけど」

「なに？」

「たとえが悪いかもだけど、あんたに対するその人の態度ってなんか……ペットをかわいがってるみたいよね」

「ペ、ペット？」

あすかは耳を疑った。

「まあ、聞きなさい。あすか、あんたさ。食事に連れて行ってもらったり、ものを与えてもらったりするとき、ずいぶん喜んでるでしょう？」

「そりゃー嬉しいもん。喜ぶよ、もちろん」

「じゃあ代わりにその人がなにか見返りを求めたことある？」

「……あ。そういえば、ない」

思い返すと、長門はいつも与えてくれるばかりだった。

「そういう関係がペットのようだねって話よ。勘違いしないで、変な意味じゃないから。甘やかされるってことは、かわいがられているってことでしょう？」

「そう、かな……」

「そうでしょう。なんとも思ってない相手を甘やかす必要なんてないし」

「うーん……よくわからない……」

顎《あご》に手を添えて考えるが、ほろ酔い気分のせいか考えがまとまらない。

「かわいがられるのはいいことなんじゃない？」

「……うん……」

たぶん、ただの友人関係としてなら、歳の離れた友人を金銭的にも余裕のある年上が面倒を見ることは珍しくないのだと思う。

しかし長門とあすかの関係は複雑だ。相手はヤクザである。それをただの友人関係だと思っていいのだろうか。

考えるたびに迷宮に入り込みそうになる思考を、頭を振ることで追い払う。だめだ。アルコールも手伝って、上手いことまとまらない。

「ま、その話はこれくらいにして！　どうせ考えたってわからないんだから、今はとりあえず飲むか」

空気を変えようとしてくれた汐の一言で、その話題は一旦打ち切られた。

結局その日は夜中近くまで飲み明かし、翌日は二日酔いで前日のことをよく覚えていないという有様《ありさま》だった。ところどころ記憶に残っているが、長門のことをどこまで話したのか曖昧《あいまい》だ。

そのせいか、さらに二週間ほど経って実家からひとり暮らしのアパートへ戻るころにはすっかり忘れ去っていた。

そして実家にいるあいだに、長門のことについては、ある程度考えがまとまってきた。

　ともかく大学の授業は十月から始まる。それまでは二週間弱休みがあるので、長期休暇でだらけていた身体を元に戻すのには最適な長さだろう。

　久々に自分の部屋の扉を開けると、むっとした熱気を感じた。もう九月の半ばを過ぎたというのにこの暑さはなんだ。あすかはひとり文句を垂れながら、荷物を部屋へ運び入れた。

「暑い……クーラーつけよう」

　エアコンのリモコンを探し、電源をつける。静かな機械音が鳴り、しばらくしてエアコンが涼しい風を送ってくれた。

「うあー極楽～」

　身体全体で冷風を浴びながら、無事アパートに着いたと実家の母親へ連絡を入れる。手短に通話を終えると、あすかは汗を掻いた身体の不快感が気になった。

「あー疲れた。まずシャワー浴びよう」

　バスルームに向かおうとしたところで、スマホが鳴る。母がなにか言いそびれたことでもあったのだろうか？　と画面表示を確認せず、あすかは電話を取った。

「もしもしお母さん？　なにー？」

『……俺は母親じゃないぞ』

「……っ、へ!?」

思いがけない声が聞こえ、スマホを落としそうになった。

「っ、リュージさん!?」

あすかは慌てて両手でスマホを支える。

「え、なに……どうしたのっていうか、ええ!?」

まさか長門から電話がかかってくるとは予想もしておらず、軽くパニック状態だ。

『あすか、今アパートにいるだろ』

「う、うん」

『すぐに出て来られるか』

「え?」

『今、あすかのアパートの前にいる』

「ええっ!?」

驚いてカーテンを開けた。目を凝《こ》らすと、薄暗い夕暮れの中、アパートの前に一台の車が停まっているのが見える。それは見覚えのある高級車だ。

「な、なんでいるの?」

正直な疑問をぽろっとこぼしてしまった。しかしその問いには答えず、長門は用件だけさっさと伝えると勝手に電話を切る。

あすかはどうしようかと迷った。しかし相手はアパートの前にいるのだ、逃げようがない。そもそも逃げる必要などないと思い直す。

リュックを持ってアパートを出て、停まっている車に近づく。すると助手席から男が降りてきた。最初はよく見えなかったものの、近づけばそれが見覚えのある人物だとわかる。

「……佐賀里さん。こんばんは」

「こんばんは。会長がお待ちです。どうぞ」

佐賀里はそう言って、後部座席のドアを開けてくれる。あすかは一瞬だけ躊躇《ちゅうちょ》した。

（なんか……ちょっと緊張する）

そろそろと中を覗く。すると一ヶ月半ぶりの長門の横顔が見えた。

「遅いぞ」

「……いきなりじゃ驚くよ」

どっと身体から力が抜ける。

「ほら、乗れ」

「どこか行くの？」

そう尋ねたのに返事はなく、あすかは腕を掴まれて車に引っ張り込まれた。勢いのあまり長門の膝の上に座ってしまう。

「ちょ、リュージさん、横暴！」

「早く乗らないからだろ。出せ」

長門の言葉で、車はゆっくり動き出した。いつの間《ま》にか助手席に佐賀里が乗り込んでいる。

「っもう……」

あすかは頬を膨《ふく》らませながら長門の膝から下りる。そしてぼすっとシートにもたれかかった。

（はあ……緊張した）

「久しぶりだな」

改めて話しかけられ、あすかの肩がびくっと跳ねた。

しかし長門はいつもどおりだった。それこそ一ヶ月半前のことなどまるでなかったかのようだ。

「う、うん。実家に帰ってて……それにしてもすごくタイミングがよかったよ。帰ってきてすぐに電話くれたんだもん、まるでエスパーみたいってびっくりした」

「俺はすごいだろ」

飄々《ひょうひょう》と言われ、あすかの口からかすかな笑みがもれた。

「……リュージさん、変わってない」

「俺はなにも変わっちゃいないぜ」

なにか含みを持たせるような口ぶりだ。戸惑いつつ、あすかは小さくうなずくと――

「うん。そうだね……って、リュージさん！」

いきなり声を張った。さすがの長門も少し動揺したらしい。

「お、なんだいきなり」

「なんで連絡してくれなかったの!?　待ってたんだよ、これでもっ」

「なんだ。俺からの連絡を待ってたのか？　ん？」

「一ヶ月以上連絡ないなんて、気になるに決まってるじゃん！」

「あすかが俺に会えないって言ったから、遠慮してたんだぞ」

「それは、実家に帰るから会えないって言ったの！　連絡しないでとは言ってないよ！」

あの日、佐賀里に伝えてもらった伝言は、帰省するため会えないという意味を込めたものだ。しかし当時は混乱していたせいで、きちんと説明する余裕がなかったかもしれない。

「あすかも連絡してこなかっただろ」

「そ……っ、それは……。ちょっと電話をかけにくかったっていうか……、そこら辺は察してよっ。リュージさん、大人じゃん！」

居心地が悪くて、あすかはやけになって叫ぶ。すると、長門は驚いたように目を丸くした。

「あすか、気まずかったのか」

「……、……うん」

「──そうか」

なぜか長門は少し垂れた目元を緩めて笑う。

「悪かったな。そこまで気が回らなかった。あすかに嫌われたとばかり思っていたからな、まさかそんな理由だとは想像してなかった」

「嫌われてる？」

思いがけないことを言われて、あすかは首を傾《かし》げた。

「嫌いになったんじゃないのか」

「嫌いになったなんて……そんなこと言ったっけ？　覚えてないなあ。あたし、言った？」

「ヤクザは怖いんじゃなかったのか」

そのことか。あすかはその単語に怯《おび》え、わずかに声が震える。

「こ、怖いけど、リュージさんは怖くないよっ」

「……なに？」

長門は片眉を上げた。その様子に、あすかはびくっとしてしまう。

しかし彼にわかるように伝えようと、言葉を続けた。

「だ、だって怖いとか思う前に、リュージさんはリュージさんなんだって、自分の中で確立しちゃったんだもん。たとえヤクザの偉い人でも会社の社長さんでも、リュージさんはあたしにとってリュージさんなんだよ。だからやっぱり変わらないなって」

「……あすか」

「そう思ったら、ヤクザでもリュージさんは怖くなくなったんだよ。そりゃ、ヤクザっていう存在は今でも怖いけど、リュージさんはヤクザだからって威張《いば》ったりしたことないじゃん。もしもヤクザだってばらしたあとにめちゃくちゃ怖い本性とか出されたら、きっとこんなふうには思えなかったよ。けど、リュージさん、変わらないんだもん。拍子抜けしちゃったよ」

話しているうちに、あすかは少し照れくさくなる。自分の鼻の頭を掻いて続けた。

「それに、ヤクザだからってリュージさんと会えなくなるのは寂しいなって思うんだ。あ、別に食事に連れてってもらいたいだけじゃないよ。たしかにそれも楽しみなのは事実だけど」

あすかは本心を濁《にご》さず、正直に話す。

「そうなるとなんか、腹を括《くく》ったっていうか……もうしょうがないよねえって。あたしにとってはリュージさんが何者でも関係ないんだよ。リュージさんはリュージさんだもん。だから怖くない。本当だよ」

決して綺麗ごとではなく、素直な気持ちを口にしているだけだ。この一ヶ月半、あすかが自分なりに考えて出した答えだった。

　あすかが話し終えると、長門はゆっくり返事をする。

「……そうか」

「そう！」

　あすかはにっと笑ってうなずいた。そこで、あることを思い出す。

「あ、そうだ」

　肩にかけていたリュックを下ろし、チャックを開けた。長門が眺めているのを感じながら、長方形の包みを取り出して彼に差し出す。

「これ、お土産《みやげ》」

「土産《みやげ》……？」

「うん。地元に帰ってるときに、友達と旅行へ行ったんだ。これ、そのときのお土産《みやげ》ね」

　その包みを、長門は無言で受け取る。

「いつもリュージさんにはお世話になってるから。これね、バターケーキなんだよ。リュージさんがこういうの食べられるかわからなかったんだけど、なにがいいのか決められなくて、結局自分が食べたいものにしちゃった。あ、あたしはもう食べたんだけどね、結構いけたよ〜。家族にも評判だったし」

　にこにこと笑いながら話すと、長門はくっと笑う。

「ありがとな。だが俺ひとりじゃ、この量は食べきれないぞ」

「甘いものは苦手？」

「あまり得意じゃねえな。だからあすか、おまえも一緒に食え」

「え？　食べていいの」

予想外の言葉に、あすかはきらきらと目を輝かせた。すると長門が苦笑をもらす。

「ああ。あすかが俺のために買ってきてくれたんだからな」

「うん」

そのとおりだとうなずくと、長門は呆れたように小さなため息をついた。

「あ、忘れるところだった」

あすかは再びリュックから包みを取り出す。それはさっきの包みより一回り大きいものだ。そしてその包みを、助手席に座る佐賀里に向けた。

「佐賀里さん、これ」

「――私にですか」

「はい。あと、ほかの皆さんにも。よかったらもらってください」

「……ええ、ありがたくいただきます」

佐賀里が面白がるように、ちらりと後部座席に座る長門へ視線を流した。それを受けた長門は、一瞬で機嫌を損ねる。

「おい、あすか」

「なに」

「俺以外に渡す必要はねえだろ」

「だって……ついでだし、どうせならって思って」

なぜか長門が不機嫌だが、その理由は見当もつかない。あすかは小首を傾《かし》げて佐賀里に問う。

「えーと、迷惑でしたか」

「いいえ。とても嬉しいですよ」

あすかの不安を消し去るように、佐賀里が答える。

「ったく……しょうがねえな」

しかし長門はまだ機嫌が悪そうで、あすかは心配になった。

「そんなにだめだった？　勝手にリュージさんの部下の人たちにお土産《みやげ》を買ってきたのは、余計なことだったかな」

「違《ちげ》えよ。俺以外の人間に気を遣《つか》う必要なんかないってことだ」

「……リュージさんには、あげたかっただけだよ。別に気を遣《つか》って買ってきたわけじゃない」

「……かわいいことを言うじゃねえか」

「え……うわっ」

いきなり抱き寄せられ、あすかは長門の広い胸に身体をあずけるかたちになった。

「な、なに、リュージさんっ」

「気に入った。やっぱり手放せないな」

「へ……っ？」

とにかく離してもらおうと胸を押し返すが、がっちり掴まれていて逃《のが》れられない。

「な、なにを……気に入ったの？」

なんとなく恐怖心を煽《あお》られて、あすかはおそるおそる尋ねる。

「あすかだ」

そう答えてから、長門は拘束していた腕の力を緩めてくれた。あすかはゆっくりと長門から離れて、じっと彼の瞳を見つめる。

「……あたし？」

「そうだ。女として気に入ったと言ってるんだ」

「お、女って……っ」

（うわ、うわうわ……！）

その意味がわからないほどあすかは子どもでもない。一気に体温が上がった気がする。

「リュージさん……あたしのこと、好き、なの……？」

信じられず、あすかは長門を凝視してしまった。その反応に、長門は苦笑する。

（リュージさんが……？　あたしを……？　えええええー……）

「うそだあ」

「どうしてそう思うんだ」

「えっ……。えーと……」

（どうしてって、それは……）

言いよどんでいると、長門はなにかあると踏んだのだろう。重ねて追いつめられる。

「あすか。言え」

「……言わなきゃだめ？」

「だめだ。言わないなら、このケーキもやらないぞ」

「ええ!?」

予想外のことに、あすかは情けない声をあげてしまった。

「ほしいだろ」

「う……」

食べ物を人質《ひとじち》――いや、物質《ものじち》にするとは、ずるい男である。あすかはまんまと顔を引きつらせた。

「言う！　言うからっ！」

「いい子だな」

「……リュージさんって性格悪いっ」

「ヤクザだからな」

（いつもは全然ヤクザっぽくないのに、こんなところでヤクザらしさを出さなくていいよ……！）

内心で愚痴《ぐち》をこぼしながら、仕方がないと諦めてあすかは口を開いた。結局白状しないと見逃《みのが》してはもらえないだろうと思ったからだ。

「……リュージさんにとって、あたしって……、……トみたいなんでしょ」

「なんだ？」

「だー……だからあ。リュージさんがあたしにいろいろしてくれることって、その……ペ、ペットに対するのと似た行動だなあって」

「ペットだあ？」

明らかに機嫌を損ねた長門に、びくりと肩が震える。

（お、怒らせた……？）

「なんだそれは。誰が言った」

「う～……」

「あすか」

「うう～……」

「はっきり言えよ」

（……も、もうどうにでもなれ！）

強い口調で促《うなが》され、やけっぱちになって答えた。どうせ隠せない。

そもそもあすかの性格上、長門相手に隠しごとは無理なのだ。

「だ、だって、甘やかされてるのになんの見返りも要求されないなんて、ペットみたいにかわいがられてるだけだって言われて。そのとおりかなって……」

――たとえが悪いかもだけど、あんたに対するその人の態度ってなんか……ペットをかわいがってるみたいよね。

（あのとき汐に言われたこと、意外と気にしてたんだなー、あたし……）

汐と二人で飲んだ日のことをあすかはうっすらと覚えていた。そして、そのときの彼女の一言がじわじわと侵食するようにあすかの心に広がっていったのだ。決して悪い意味での発言ではなかったとわかってはいるが、あすかの心は暗くなった。

（もしリュージさんが『あすかはペットみたいなもんだ』って言ったら……。考えたくないな）

あすかは今さらながら後悔した。

（言い出したのはあたしのほうなのに、勝手だ）

「ずいぶんな勘違いだな」

しかしあっさりと不安を打ち消される。だがその声があまりにも冷たくて、あすかは息を詰まらせた。

「……っ」

　怒らせただろうか。そんな不安と焦燥《しょうそう》に喉《のど》を締めつけられ、苦しい。

「……っごめ」

「犬や猫とセックスしたいと思うわけねえだろ」

　あすかがとっさに謝ったと同時に、信じられない言葉を重ねられた。

「セ……!?」

（……はあ……!?）

　あすかはたまらず絶句する。

（い、い、いきなり、なにっ!?）

　長門の爆弾発言に、困惑と非難を込めた視線を向けてしまう。

「誰の話を鵜呑《うの》みにしたか知らないが、女として気に入ったとは、そういう意味だ」

「だ、……っ、……え」

　ひどく混乱し、あすかは目を白黒させる。長門の言葉をどのように受け止めていいかわからない。

「あすか」

あちこちに視線を巡《めぐ》らせていたあすかは、驚くほど落ち着いた声で長門に呼ばれ、ゆっくりと彼にピントを合わせる。しかし動揺が消えたわけではない。

（なに、言われるんだろ……）

あすかの心臓はどきどきと高鳴り、今までにないほど身体が熱かった。

「よく聞けよ。俺はあすかをそばに置きたい。もちろんセックス込みだ」

「……っ」

「なあ、あすか」

「……な、……なに」

なんとか答えるが、緊張で声がかすれる。

「俺のものになれ」

「……リュージさんの……もの？」

「そうだ。友達っていう意味じゃねえぞ。そもそも、俺は友達になったつもりなんか端《はな》からない」

「……え」

「最初からこのつもりだった。あすかを俺のものにする、それだけだ」

あすかは不安を隠せないまま、長門を見上げた。

「友達じゃないって……そうなの？　知らなかった」

（……なんだ。ずーっと勘違いしてたのかあ……）

そういえば、長門の口からは一度も『友達』などという単語が出たことはなかった気がする。肯定も否定もされなかった。勝手に勘違いしていたあすかが悪いが、恥ずかしさでいたたまれない。

「これからは恋人としてそばにいろ」

ストレートな言葉を投げかけられて、あすかは黙り込んだ。

「あすか。返事は？」

（……そんなこと急に言われても、答えられるわけがないよ）

喉《のど》が上下するも、言葉が出てこない。困ったように長門を見ると、わかっていたとでもいうように、彼はかすかに微苦笑を浮かべた。

「まあ、いきなりそんなことを言われても困るよな」

「……うん」

「正直だな。そこがあすかのいいところだが」

今度ははっきりと苦笑が見て取れた。

「だが、あすか。おまえは俺のものになるぜ、絶対に」

ぐっと顔を近づけられる。あすかはとっさに身体を反《そ》らしたが、後部座席に逃げるだけの余裕はなく、すぐに窓に頭が当たった。

「この俺から逃げられると思うなよ」

「……っ」

そのまま耳元で囁《ささや》かれ、身体中がぞわぞわした感覚で粟立《あわだ》った。

（な、んだこれ……っ変になる……！）

あすかは耳を押さえて固まる。

すると、タイミングを見計らったように第三者の声がかかった。

「会長。もうすぐ予約した店に到着します」

それは助手席の佐賀里の声であった。

「ああ、わかった」

長門が平然とそう返す一方で、あすかは我に返って愕然《がくぜん》とする。

「……っ！」

ここが車中であることも、またこの会話が運転手と助手席の佐賀里に筒抜けだったということも、このときまですっかり頭から抜け落ちていたのだ。

（今の絶対に聞かれてた……！）

羞恥《しゅうち》でじわじわと瞳が潤《うる》む。抗議のつもりで長門を睨《にら》むが、彼はにやりと笑うだけ。

なんとも思っていないようだ。

めちゃくちゃ食べてやるっ」

（……悔しい！）

「今日は美味《うま》いそば屋を予約した。そばは好きか？」

「……っ、好きだよ！　ああもうっ！　こうなったらリュージさんが呆れるくらい、めちゃくちゃ食べてやるっ」

（こうなりゃ、やけ食いだ……！）

「そりゃあよかった。楽しみにしてるぞ」

楽しげに口の片端《かたはし》を上げて笑う長門。

誰もが見惚《みほ》れる美丈夫《びじょうふ》に見初《みそ》められた平凡なあすかは、この日、そばをたらふく平らげることで、自身に降りかかった難題から一時《いっとき》目を逸《そ》らしたのだった。

第四章

長期休暇が終わり、大学が始まってからも長門との週に二度ほどの食事は続いていた。

そんな二人の関係は曖昧《あいまい》で、あすかは少し困っている。

なぜなら最近の長門は、とにかく彼女を甘やかすことを最優先としているからだ。あすかの喜ぶ顔が見られるならなんでもしてやりたいし、多少強引でも構わないとさえ思っている節《ふし》がうかがえる。

この日も、あすかの大学の授業が終わったと同時に、長門は迎えに来た。そしてブティックへと連れて来られたのだ。そこは、庶民のあすかは入ったこともないような高級店。もちろん入店前に拒んだが、長門が素直に聞くわけがない。

その結果、彼女は強引に連れ込まれ、着せ替え人形のように何着も試着させられている。フィッティングルームから出るあすかは渋面《じゅうめん》である一方、ソファーにゆったりと座る長門は上機嫌だった。その顔が妙に腹立たしい。

「似合ってるぞ」

「似合ってないって……」

どうして自分のような人間に高級ブランド服が似合うというのか。ただでさえ平凡な顔つきをしているのだ。服に『着られている』状態ではないか。

しかしあすかはそれよりも気になることがあった。

「ねえ、リュージさん。まだ着替えるの？」

「ん、どうした。不満か」

「疲れたよ……」

何度も着替えるのは疲れるのだ。慣れないことはするものじゃない。

「じゃあ、あと一回着替えたら終わりだ」

「次で終わりっ？」

「ああ」

「わかった。着替えてくる！」

（もうすぐ終わりだ……！）

あすかは嬉々としてフィッティングルームに戻る。そしてすぐさま着替えて、再び長門の前に出た。

「リュージさん、着替えたよっ」

長門はおやと片眉を上げる。

「早いな」

「そ、そんなことないよっ」

そう答えながらも、自分でも早かったという自覚はある。少し乱れた髪の毛を何度も梳《と》かしてごまかす。

「行くか」

長門はそう言うなり立ち上がり、こちらに近づいてきた。

「え、どこに？」

「何度も着替えて腹が減っただろ？　飯に行くぞ。佐賀里に店を予約させた」

「あ、そうなんだ。じゃあ着替えてくるね」

あすかはくるりと背を向けたが、長門は腕を掴んで引き留《と》める。

「なにを言ってる。このまま行くんだ」

「ええ？　この格好で？」

「そうだ。だから言っただろ。あと一回着替えたら終わりだと」

「い、言ってたけど、まさかそういう意味だとは……わっ！」

気づけば手を繋がれていた。

（うわ……）

あすかの意識が重なった手のひらに集中する。

（なんでだろう。変な気分……）

ここのところ、長門に触れられるとどぎまぎしてしまう。肩を抱かれたり、頬をなぞられたり、頭を撫《な》でられたり。特に触れ合う時間が多くなったわけではないと思うが、長門の体温を感じるたびに心拍数が上がる気がするのだ。

ぼんやりしていたせいか、あすかは長門に手を引かれるがままになる。足には着替えた洋服と合わせて選んでくれたサンダルを履いていた。慣れない踵《かかと》の高い靴のせいか、あすかはよろけて長門の腕にしがみつく。

「わ！　ご、ごめんっ」

「なんだ。今日は積極的だな。積極的なのは大歓迎だぞ」

「っなにを言ってるの！」

慌てて離れようとするが手を強く握られているせいで、たいして距離を取れない。

「行くぞ」

長門の声で、あすかははっとした。

「あ。ま、待ってリュージさん、服のお金……」

払ってないよと言いかけたところで、長門の部下が紙袋を大量に手にしていることに気づく。

あすかはいやな予感に襲われた。あれこれ着替えさせられたが、どれがいいかと訊《き》かれたり、長門が服を吟味《ぎんみ》したりはしていない。

「ね、ねえ、もしかして着替えた服、全部……」

(買ったとは言わないよね……？)

あすかの言葉をすべて聞く前に、長門はにやりと微笑んだ。

「当然買ったぞ」

「うそ！　い、要《い》らないよっ！　あっ」

そう叫んで、店内で言っていい言葉ではないと気がつく。しかしこのまま買ってもらうわけにはいかない。

うろたえるあすかを、長門は不満げに問いつめる。

「なにを遠慮してるんだ」

「遠慮とかじゃなくって！」

「俺が買ってやりたいと思ったから買ったんだ。素直にもらっとけ」

「そ、そういう話じゃないよ～」

話が通じず、あすかの眉尻が八の字に下がる。

「リュージさんの気持ちはありがたいんだけどね！　なんで全部!?　試着した服の中から気に入ったものを選ぶってことじゃなかったの!?」

「誰がそんなこと言った？」

「誰だってそう思うって！」

（あたしは間違ってない……はず！）

大量の紙袋に詰められた衣服は、いったいどれだけの金額なのかと考えるだけでも恐ろしい。

それなのに、この男はいとも簡単に購入を決めてしまった。高級店の食事をご馳走《ちそう》になったり、自転車をもらったりしてきたが、彼とあすかはやはり相当金銭感覚がかけ離れている。

困惑するあすかを長門は構わずに引きずっていく。

「困るよ……。あ、佐賀里さんも言ってくださいよ～」

「どうかされましたか、あすかさん」

店の前に停められた黒塗りの高級外車の前で二人を待っていたのは佐賀里だ。女性のような整った容姿に怜悧《れいり》な瞳を兼ね備えた、いわゆる美人と呼んでも差し支えのない男である。

少し前まであすかのことを『古籍さん』と呼んでいたが、彼女が名前で構わないと言ったことで『あすかさん』と呼ぶようになった。

あすかは佐賀里を仲間に引き込もうと、必死で訴《うった》える。

「佐賀里さんからも注意してください！　リュージさんってば、あたしが着替えた洋服、全部買ったんですよ！　ほしいなんて一言も言ってないのに」

「そうなんですか」

「自分のためならまだしも、全部あたしのだったし……。佐賀里さんも無駄遣《づか》いはやめたほうがいいって思いませんか？」

「大切な相手にプレゼントをあげたいと思うのは当然のこと。会長もあすかさんが喜ぶのではないかと、ここへ連れていらっしゃったのです。どうか会長の気持ちを汲《く》んでいただけないでしょうか」

「う……」

『大切な相手』と言われると、あすかは恥ずかしさでなにも言い返せない。

つい先日、長門に告白まがいのことを言われたばかりだ。いや、あれは告白そのものだった。あすかを女として気に入り、自分のものになれと命令した、ふてぶてしいものだったけれど。

鈍《にぶ》いあすかでもさすがに、長門が本気で自分を欲していると理解できた。とはいえ、容易にうなずけるわけがない。流されて身体をあずけるなど、彼女の意に反する。

自分より十五も年上で、ヤクザとしてだけでなく男としても、周りの人間が放っておかないほど影響力がある人物だ。

そんな男があすかを気に入っていると知って、どこかむず痒《がゆ》いような、優越感とは違う不思議な感情が生まれるのも本心だった。

（……これって、どういう気持ちに分類されるんだろ）

長門のことは好ましく思っている。それは事実だ。ならば異性として好きか——と問われると、答えに詰まる。まだはっきりとは言えない。これが今の時点の心情だった。

（もう少し考える時間がほしいな……）

つい黙ってしまったあすかは、佐賀里に促《うなが》されて車に乗る。

（とりあえず今は、この大量購入を注意しておかないと、落ち着かない……！）

先に乗り込んでいた長門へ視線を向けつつ、ここは折れることにした。

「……今度からはお金払う前に一言教えてよ。勝手にお会計しちゃ、絶対にだめだからね！」

強気なあすかだが、長門はにやにやと笑みを向け茶化してくる。

「一言言って、思う存分買ってやるよ」

「だーかーらー！　あたしがほしい分だけでいいって！」

車が動き出しても言い合いを続けていると、助手席の佐賀里が声をかけてきた。

「あすかさん。今日予約した店は旬の料理を出してくださるところですが、和食はお好きですか」

「和食？　好きです！　旬の料理ってことは、今は秋の味覚ですかね」

「ええ。秋の食材を使った料理を召し上がっていただくことになります」

「わあ、楽しみ～」

それまでの感情はどこへやら、あすかはほくほくと笑みを浮かべる。食べ物の話になった途端、機嫌が直った。なんとも軽い性格だと思うが、自覚はあるので見逃《みのが》してほしい。

（どんな料理なんだろう。わくわくするっ）

「楽しみだね、リュージさん」

にこっと微笑むと、長門も目尻を下げて「ああ」と相槌《あいづち》を打ってくれた。

長門は美味《おい》しい店をよく知っていた。連れて行ってくれる店は庶民には縁のない高級店から、看板の出ていない隠れ家的な店まで幅広く、もちろん味が悪かったことなど一度もない。

今日もこぢんまりとした店ながら、味は絶品である。松茸《まつたけ》をはじめ、秋の食材を使った料理にあすかは舌鼓《したつづみ》を打った。

「リュージさん！　これ初めて食べたけど美味《おい》しいっ」

あすかが目をきらきらさせながら頬張ったのは、松茸《まつたけ》の土瓶蒸《どびんむ》しだ。

「リュージさんもほら、食べてみてよ」

テーブルには松茸《まつたけ》を使った料理がたくさん並んでいる。松茸《まつたけ》の土瓶蒸《どびんむ》しに松茸《まつたけ》ご飯、松茸《まつたけ》の天ぷらに松茸《まつたけ》の網焼き、そして松茸《まつたけ》のお吸い物と松茸三昧《まつたけざんまい》。それからヒラメの薄造りに秋鮭のホイル焼きと魚も豊富で、見ていても食べていても飽きない。

その中であすかが初めて見た料理が土瓶蒸《どびんむ》しだった。松茸《まつたけ》など、よほどのことがない限り口にしない。松茸《まつたけ》料理だけでも幸せなのに、さらにこんな珍しい料理だ。あすかは口にした途端、感嘆の声をあげて長門にすすめた。美味《おい》しいものは誰かと分かち合いたいからである。

その言葉で、彼も土瓶蒸《どびんむ》しに手をつけた。

「ね、美味《おい》しいでしょ？」

「たしかに美味《うま》いな」

「くどくなくて食べやすいし、これ好きだなあ。……ん、あれ、どうかした？　なんか機嫌よさそうだけど」

　茶碗を手にしながら顔を上げると、長門はずいぶん上機嫌な様子で笑みを浮かべていた。

（美味《おい》しいご飯を食べたから、……じゃないかさすがに）

ただでさえ整った顔立ちな上に、微笑んだらなお格好いい。女なら一度は見とれるほど男前だ。すでに何度も会っていて見慣れたはずなのに、感心してしまう。

「決まってるだろ。俺の選んだ服をあすかが着てるんだ。好きな女が自分の選んだ服を身につけてるだけで気分がいい」

「うぐ……」

（……な、なに言い出すかな、いきなり……っ！）

まさかそんなことを言われるとは。予想していなかった答えに言葉が詰まった。

（もう……っ、心臓に悪い）

長門はたびたびストレートな甘い言葉を口にするので、どう反応していいのか困る。

あすかはうつむきそうになったが、伸びてきた長門の手によって動きが止まった。彼の指先が彼女の唇の端《はし》に軽く触れる。なにかをかすめ取っていったような触れ方だ。

なんだろうと視線を上げると、長門が指先についた米粒を口に含んだところだった。

どうやら松茸《まつたけ》ご飯を食べた際、顔に米粒がついたらしい。長門の仕草を見て、あすかは無言になる。

なんといったらいいのか。並《なみ》の男がもし同じことをしたら寒気がするほど似合わないのに、長門には似合いすぎていた。猛烈な羞恥《しゅうち》に襲われ、あすかの顔が熱くなる。

「……リュージさんって……リュージさんって……」

「なんだ」

「……なんでもないよ」

あすかは、はふ、と抜けたため息をこぼした。

（……リュージさんは、羞恥心《しゅうちしん》がどっか飛んでっちゃってるんだ、絶対）

自分は居心地が悪くて仕方がないというのに、長門はいつもと変わらない。こちらのほうが参ってしまう。

きょろきょろと視線をさまよわせて、あすかはふと思った。長門はまさか、ああいうことに慣れているのだろうか。

それと同時に思う。

（今みたいなこと、あたし以外の人にもしたことがあるのかな。なんかそれって……）

面白くない。ひねくれた感情が頭をもたげる。

（……やだな……）

ぐるぐると胸にこもるいやな気持ちがこれ以上大きくなる前に、蓋《ふた》をした。せっかく美味《おい》しいご飯を食べているのだ、邪魔されたくない。

あすかは止まっていた箸《はし》を動かし、食事を再開する。しばらく秋の味覚を堪能したあと、はたと思い出して口を開いた。

「あのさ、リュージさん。さっき買ってもらった服だけど、全部はもらえないよ」

「まだ言ってるのか」

「そうじゃなくて、全部は無理なんだよ」

「ん？　どういうことだ」

「あたしの部屋、アパートだからクローゼットも当然狭いんだよ。もともと服がないならまだしも、今まで着ていた服があるし……。せっかく買ってもらった服なのに、紙袋に入ったままなんてもったいないじゃん。かといって置けるスペースもないし。もちろん、今ある服を捨てればスペースはできるけど、まだ着られる服を捨てるのももったいない」

（それに、リュージさんにもらった服に対して、半端な扱いをしたくないし）

もし全部アパートへ運ぶとなれば、クローゼットにおさまりきらなくて、いい服が台無しになってしまう。それだけはなんとしても避《さ》けたい。

今度こそ自分の意見を通すぞと、あすかが身構えると――

「そういうことなら俺の部屋に置けばいい」

長門はあっさりと予想外の提案をしてきた。

「へ？　リュージさんの部屋？」

「そうだ。あすかの部屋にあるクローゼットに空《あ》きがないんだろ？　それなら俺の部屋を使え。着たくなったら、俺の部屋に来て着替えて、そこから大学にでもバイトにでも行けばいい」

簡単に言うので呆気にとられる。そして話の筋《すじ》よりも、長門の住む部屋に興味が湧いた。

「リュージさんの部屋って、マンション？　それとも大きな屋敷とか？」

「マンションだ」

「そうなんだ！　てっきりヤクザの偉い人は、大きな日本家屋みたいな家に住んでるんだと思ってた」

「どこから想像したんだ」

「ん？　ヤクザものの映画。任侠《にんきょう》映画っていうんだっけ？」

「そういうのが好きなのか。知らなかったな」

「好きってわけじゃないよ。有名な作品を少し観たことがあるだけ。ほら、そういうのはいつも畳とか着物とか、和風のイメージだから、そうなんだとばかり思ってた。実際は違うんだねえ」

やはりフィクションと現実は異なって当然なのだろう。

「でも普通のマンションじゃないんでしょ。あ、もしかして高級マンション、っていうやつ？」

「まあな」

「うわあ！　あたし、外観しか見たことないよ、高級マンションなんて。中もすごく広いの？」

「あすかが想像する以上に広いかもな」

「へえ！　すごいねー！」

素直に感心するあすかに、長門は笑みを向ける。

「で？」

「ん？　なに？」

「どうする？　あすかの家に入りきらない服を、俺の部屋に置くか？」

「あーどうしよう……邪魔にならない？」

「なるわけないだろ。俺の部屋に置け。あすかが着たいと思うときに部屋へ来たらいい。言っとくが、誰も邪魔だと思わないからな。邪魔だったらはじめからこんなこと言わねえよ」

「う、うーん」

（リュージさんの提案はすごく魅力《みりょく》的だけど、ここまで甘えていいのかなあ。ちょっと頼りすぎな気もするけど……)

悩みは尽きないが、かといってほかの解決策もない。

「俺に甘えろ」

さらにだめ押しとばかりの声音《こわね》につられ、あすかはその提案をのむことにした。

「じゃあ、お願いしようかな。あと、さっき言いそびれたんだけど……服、ありがとう」

あすかの言葉に、長門は満足そうに微笑んだ。

とりあえずクローゼットの心配は解消され、あすかもほっとする。

(よかったよかったー)

そのあともあすかは呑気《のんき》に食事を堪能した。デザートの栗と抹茶のミルクレープを口に運ぶ。半分ほど食べ終えたところで、長門は不意に視線を向けてきた。

「あすか」

「んー」

「そろそろあのときの『答え』をくれると嬉しいんだが」

「なにー?」

あすかは首を傾《かし》げて、フォークを口に運ぶ。

「とぼけるとはいい度胸だなあ」

平坦な声なのにどこか迫力があった。あすかは口に含んだミルクレープをのみ込む。

「……とぼけてはないよ。ちょっと、忘れたふり、しただけ」

「そういうのをとぼけるっていうんだろ」

長門は呆れたように目を細めた。

（……そのとおりだけど。はっきり指摘されるのはきついな）

「で、どうだ。ちっとは考えたか」

「……うん。……まあ」

口ごもりながらあの日のことを思い返す。

――女として気に入ったと言ってるんだ。

――俺のものになれ。

――これからは恋人としてそばにいろ。

そう言った長門は本気だった。冗談やからかいで口にしたわけではない。真剣な瞳とそれを物語る雰囲気に、あすかは確信したのだ。

この男は本気で自分を手に入れたいのだと。

「……あの、さ」

「俺のことは嫌いか」

「き、嫌いじゃないよ」

「じゃあ好きか」

「う……。その切り返しは……ずるい」

「ヤクザだからなあ」

にやにやしながら言われて、あすかは唇を尖《とが》らせる。

「それはヤクザとか関係ないと思う。わかった、リュージさんはもともと性格が悪いんだ！」

「おいおい」

ヤクザの長門にこんな言葉を吐けるとは。無意識とは怖いものだ。

「……まあいい。それでどうなんだ」

「ん？　なんだっけ」

そしてころっと忘れてしまえるところも、ある意味大物である。

「ああ、えーと……さっきも言ったけど嫌いじゃないよ。リュージさんとこんなふうに食事したりするのも、いやだったらとっくに断ってるし。だからもしほかの男の人に誘われたりしても――」

あすかの言葉に、長門は目を光らせて睨《にら》んできた。

「なんだと。ほかの男に誘われたりしてねえだろうな」

「た、例え話だよっ」

「ほかに好きな男がいるとか、そういうこともねえよな」

「はい!?　い、いないよそんな人！」

「よかったな。いたら、そいつは明日、笑って生活できないだろうからな」

突然の冷酷な言葉に、なにも答えられない。こういうとき、長門がヤクザなのだと思い知らされる。脅し文句とは違うということを、あすかは肌で感じていた。

「……怖いことを言わないでよ」

「いやなら、あすかが俺に言わせせないようにしろよ」

横暴な言葉に顔を歪《ゆが》めつつ、あすかは話を戻そうと思い直した。

「……さっきの話だけど。いやな人だったら一緒にいないよ。だからほかの男の人に誘われることがあっても、リュージさんのほうを選ぶ。……そのくらいの好き」

ぽつりと言うと、長門はぴくりと眉を上げる。

「……なに？」

「だーかーらー！　そのくらいの『好き』だよ、今は！」

あすかは照れ隠しでぶっきらぼうに叫んだ。しかし口にした瞬間、ぶわっと体温が急上昇する。

（うわ、わ、わあっ、な、なに、……なんだこれー……っ！）

頬も、首筋も、身体のどこもかしこも熱い。

（恥ずかしい……！）

「もうこの話は終わり！」

（今すぐどっかに隠れたい気分だっ）

会話のせいで止まっていた手を再び動かし、あすかは残りのデザートを素早く口に詰め込む。これでは味わうことさえままならないが、致し方ない。

もぐもぐと無言で顎《あご》を動かしてからぐっとのみ込んで、はあと深く息を吐いた。

それからようやく、長門に視線を向ける。そこであすかは……軽く瞠目《どうもく》した。

（う……わ、あ……）

視界に飛び込んできた長門は、目尻を下げ、口元を緩めて嬉しそうに微笑んでいたのだ。男ぶりがさらに上がったんじゃなかろうか。そう思うほど、彼は魅力《みりょく》的に映った。

（……どうしよ。……胸が、苦しい……）

自分の言葉で長門が表情を和《やわ》らげたのは、今が初めてではない。あすかの言動のどれに対しても、この男は表情豊かな反応を見せてくれる。

（なんかどきどきして、……胸が、いっぱいになる）

けれどさすがにもう、あすかはわかっていた。自分の前でだけ、長門は様々な顔を見せるのだと。あすかが相手だからこそ、長門の表情が動くのだと。

（……嬉しい）

そのことをたしかに喜ぶ自分がいることも、あすかはぼんやりと認めていた。

数日後、あすかは大学にいた。二限目の授業のために登校していたが、時間になっても教授が現れず、友人と状況を調べていたのだ。廊下に立っていると、掲示板へ確認に行っていた友人が戻ってくる。

「やっぱり二限目、休講だって」

「ああ、そうなんだ。……あっ、すみません」

振り返った拍子に、清掃員にぶつかりそうになってしまった。彼は帽子のつばを掴み、軽く頭を下げると、立ち去っていく。

「どうする？」

「少し早いけど、食堂に行ってようか」

あすかは友人二人とともに食堂へ向かった。

昼食にはまだ早い。食堂で談笑しながら時間を過ごしていると、友人のひとりがテーブルの横を通り過ぎたある学生に気づき、声を潜《ひそ》めた。

「……あの人、磯崎《いそざき》さんだよ、ひとつ上の」

「磯崎？」

聞き覚えのない名前に、あすかは小首を傾《かし》げる。横顔しか見えなかったが、それだけでもずいぶん綺麗な学生らしいとわかる。

「磯崎って……あの噂の？」

「そうそう」

「噂って？」

どうやら友人二人は彼女のことを知っているようだ。知らないのは自分だけらしい。

「あっちゃん、知らない？」

「うん」

あすかがうなずくと、友人は説明してくれる。

「磯崎さんっていってね、ほら、見ればわかるけど、結構美人なのよ」

「ああ、それはわかる」

「なんかほかの大学の学生にも人気あるくらい、うちの大学の中では美人で有名らしいんだけど」

「ふうん。それで、その磯崎さん……だっけ？　どうかしたの」

「あの人、どうもたちの悪いチンピラと付き合ってるみたいなんだよねえ」

「チンピラ……」

もう一度顔を動かし、磯崎という学生を盗み見た。なるほど、たしかに美人である。しかし遠目でも、彼女はどこか疲れているように見えた。顔に陰が落ちている気がするのだ。

「そう。詳しくは知らないんだけど、その相手が最悪な男みたいでさあ。借金があるらしくて、どうもそれを磯崎さんに払わせてるって噂があるのよ」

「磯崎さんって人、実家がお金持ちなの？」

「ううん、違うみたい。だから風俗とか、そういう仕事をやらされてるとか……。周りの人——家族とか友達とか、それから教授とか、そんな男と別れさせようと何度か説得したんだけど、聞き入れないんだって。なにをやらされても、その男が好きだから捨てられたくないって言ってさ。そのうちもっとやばい仕事とかやらされるんじゃないかって、学生のあいだで噂が流れているのよ」

「へえ……」

「ひどい話よね。でも、本人が別れたくない、捨てられたくないって言うから、周りはもうなんにもできないらしいよ。本人にどう説得したって聞く耳持たないんだから」

あすかは磯崎という学生から視線を外した。他人事《ひとごと》だが、あまり気分のいい話ではない。それに、噂話をするのは好きじゃなかった。

あすかはふと長門のことを考える。彼がヤクザだとわかれば、家族や友人から付き合いを反対されるだろう。

けれどあすかは、たとえヤクザだろうとそれだけで彼を判断したくなかった。たしかに怖いと思うことはあるが、長門は闇雲に相手に恐怖を植えつける男ではないからだ。

とはいえ、それはあすかが彼と接してきたから思うことで、広く受け入れられる考えではない。

（やっぱりいろいろ考えると、リュージさんのことは誰にも話せないな）

あすかは再度磯崎を確認しようとしたが、すでに彼女の姿はなかった。

あすかが黙り込んでいると、もうひとりの待ち人がやって来たみたいだ。

「あ、花江だ。花江、こっちこっちー」

その声で、あすかははっとする。同時に、食堂の入り口できょろきょろしていた花江が、こちらに気づいて近づいてきた。

「ごめん。遅くなった」

「お疲れ～。そうそう、今、磯崎さんがいたんだよ」

「ああ、あの噂の人ね」

花江はすぐに話をのみ込んだようで、うなずいた。あすかはそれに感心の声をあげる。

「花江も知ってるんだ」

「うん。あ、あすかちゃんは知らなかった？」

「さっき、初めて聞いた」

「まあ、わたしたちには関係ないしね」

「たしかに」

そうしてようやく磯崎の話から遠ざかる。

気づけば昼食に適当な頃合いになっていたので、みんなで昼食をとることにした。あすかは無性に揚げ物が恋しくなり、エビフライ定食を選んだ。友人らも食堂で買ったり持参した弁当を広げたりと、まったりと時間は過ぎていく。

あらかた食事も終えたところで、不意に花江が口を開いた。

「あれ、あすかちゃん、その服……」

「え？」

あすかは自分の姿を見下ろした。今日着ている服は、長門が買ってくれたものだ。購入してもらった分はとりあえずすべて持ち帰り、古い服を処分したりして、どうにか自分の部屋のクローゼットにおさめることができた。そのため、長門の部屋に置いてもらわずに済んだのだ。

彼に買ってもらった服はどれも高級で、生地もデザインも洗練されている。しかしあからさまに高級品だとアピールするようなものではなかった。大学生のあすかが着ても浮かないように配慮してくれたのだろう。

それに、長門がトータルコーディネートを考えて買ってくれたおかげで、朝はずいぶん助けられている。

身につけるものがガラッと変わったあすかに、友人たちが気づかないはずがない。ただでさえこの年代の女子たちはおしゃれに対して敏感なのだから。

あすかは少しびくびくしながら、花江に問い返す。

「なにか変?」

「ううん、変じゃなくて、すごく似合ってるなーって」

「ふへ!」

まさかそんなふうに褒められるとは思わず、妙な声がもれてしまった。

「ちょっと前から変わったなって思ってたけど、おしゃれになった。センスあるよ」

「あ、それ私も思ってた」

「わたしも~」

友人らが次々と花江に賛同する。

「初めて言われたよ、そんなこと」

「別に前がださかったわけじゃないけど、なんていうか、地味だったよね」

「う……」

鋭《するど》い指摘にあすかは苦笑する。すると花江はさらに突っ込んできた。

「しかもそれ……安くないでしょ」

その問いには答えられない。あすかは黙ってやり過ごそうとするが、別の友人が目を細めた。

「はっはーん。さては男ができたな～」
「うそっ！　あっちゃんに⁉」
友人たちはわっと盛り上がるが、あすかはまたも無言を貫いた。けれども否定をしたらした
で、肯定などできない。なぜなら長門は恋人じゃないからだ。
どういう関係かと訊《き》かれた場合、答えられない。
しかし友人らはあすかの反応に構わず、決めつけてそれぞれ反応する。
「うわー、先越されたあ……」
「ったく、いつの間《ま》にそんな相手を見つけたのよ。これで彼氏持ちは花江とあっちゃん
の二人か」
「……夏の旅行でもだめだったもんね」
「ねー」
ぐったりとうな垂《だ》れる友人二人から目を逸《そ》らすと、あすかを見て苦笑している花江と
目が合った。
彼女はこのメンバーの中で唯一の恋人持ちだ。夏期休暇が始まってすぐ、花江とその
彼氏が集めたメンバーで海に行く計画があった。あすかは当日、長門に阻止されて行け
なかったが。
突然ドタキャンしたことは、みんなに後日謝罪した。花江が機転を利かせてくれたお

かげで、旅行自体は波風立たずに済んだらしい。とてもありがたかった。

しかし花江の目の前で、あすかは見知らぬ年上の男に連れていかれたのだ。彼女はなにかしら思うところがあるだろう。しかし休暇中も学校が始まってからも、そのことに触れてこなかった。

なんとなく居心地の悪い沈黙のあと、花江はあすかを見てつぶやく。

「服、似合ってるよ、すごく」

「……そう？　不相応じゃない？」

「全然！　もし似合ってなかったら正直に言ってるよ。前より今のほうが断然いいし。かわいいよ」

「……ありがとう」

かわいい、なんてお世辞かもしれないが、嬉しくなってしまう。あすかは少し照れながら笑った。

それもこれも長門のおかげである。

（……なんだろ。急にリュージさんに会いに行きたくなった……）

電話やメールじゃなく、直接お礼を伝えたくなった。

思い立ったらすぐ行動だ。

あすかはその日の授業を終えると、長門からもらった自転車に乗って、ある場所に来た。

「ここ、だったよね……？　たしか……」

見上げたビルは、一度だけ訪れたことのある六州会の事務所だ。そのときは無理やり連れてこられたので道順はうろ覚えだったが、無事に辿り着けた。

「勢いで来ちゃったけど……平気かな」

（とりあえず近づいてみよう）

通行の邪魔にならないよう、自転車をビルの陰に置く。さてどうしようかと顔を上げると、ビルから出てきた男とすれ違った。

（……あれ。今の人、なんか見たことがあるような……？　気のせいかな）

顔はほとんど確認できなかったが、見覚えがある気がする。けれど思い出せない。

（うーん、だめだ思い出せない。……まあいいや）

あすかはさっさと諦め、ビルの入り口に向かった。

「入っていいのかな……」

ガラス張りの窓をちらちら覗きながらつぶやく。勢いで来てみたけれど、ヤクザの事務所に平気で入れるほどの度胸はない。

ビルの前をうろうろしていたら、いきなり入り口の扉が開いた。

「なんやここに用か」

「え、あ……」

鋭《するど》い目つきの若い男が、あすかを見下ろしてくる。さすがに緊張で身体が強張《こわば》った。

「学生か？」

「は、はい」

「ここはあんたみたいな一般人には用のないところや。さっさと帰んな」

相手が一般人でなおかつ女だからか、若い男の口調はまずまず穏やかだ。彼は言い終えると同時に、ビルの中に戻っていく。

近寄りがたい雰囲気はあるものの、恫喝《どうかつ》はされていない。どうしようかと一瞬悩んだあと、あすかは勇気を出して扉を開け、声をかけた。

「あ、のー……」

「なんや、まだおったんか」

再び出てきた男の顔に、今度は多少の不愉快さが滲《にじ》み出た。

「お嬢ちゃん。あんたここがどういうところか、わかってんのか」

「えーと、まあ」

「なんや、わかってんのか。……おい、まさかどこぞの鉄砲玉と違うやろな」

「鉄砲玉？」

言葉の意味がわからず、あすかは首を傾《かし》げる。

すると若い男は、じろじろと観察するようにあすかを見下ろしてきた。

「なんの用や。返答によっては簡単に帰すことはできんくなるかもしれんで」

今度ははっきりと恫喝《どうかつ》の声音《こわね》で脅される。まさしくヤクザだと、あすかは呑気《のんき》な感想を抱《いだ》いた。

「あのー、今日、リュージさんはいますか？」

「あ？　誰や」

「リュージさんです」

「『リュージ』？」

若い男は首を傾《かし》げる。あすかは「え？」とまばたきを繰り返した。

「リュージさんですけど……知りませんか」

「知らんわ。聞いたことないなあ」

「……おかしいな。会長だって言ってたのに」

あすかが小声でこぼすと、若い男の顔色が変わる。

「ああ？　今なんて言った」

「なんてって」

「会長がどうとか口にしたやろ」

「ああ、はい」

「おまえ、何者《なにもん》や……」

「何者《なにもん》って……ただ、リュージさんに会いに来たんですけど……」

(どうしよう。なんて言ったらいいんだろう。……そうだ!)

あすかはひらめいて、肩にかけていたリュックからスマホを取り出した。

「おい、なにする気や」

若い男の問いを聞き流し、彼女はある人物に電話をかける。すると相手はすぐに出てくれた。

『あすかか』

「リュージさん? あのさ、今、前まで来てるんだ」

『前?』

「そう。事務所の前」

『事務所? うちの事務所のことを言ってるのか』

「うん」

電話越しだが、長門の驚いた気配がする。

『わざわざ来るなんて、なにかあったのか』

「ううん、そうじゃなくてね。リュージさんに会いに来たんだけど、どうやらいないみたいだね」

『俺にだと』

「そう。事務所の前でうろちょろしてたら、中の人に見つかってさ。なんの用だって訊《き》かれたからリュージさんに会いに来たって伝えたんだけど、その人、リュージさんのことを知らないって言うんだよ。リュージさんって、部下の人に名前知られてなかったりする？　……リュージさんがいないなら、帰ろうかなあ」

『ちょっと待て。今から事務所に戻るところだ』

「あ、そうだったの？　じゃあここで待っててもいい？」

『ここって、まさか外のことじゃないよな』

「そのつもりだけど」

『あすか、ちょっと待て。――』

長門は電話の向こう側で、なにやら誰かに確認を取っているらしい。しばらくして、彼はあすかに声をかけてきた。

『浦部《うらべ》が今日事務所に出ている。あいつの名を出せ』

浦部誠順《せいじゅん》は幹部補佐で、長門の警護全般の責任を負う男である。あすかはたびたび長門の警護をする浦部と顔を合わせていて、彼と会話をしたこともあった。先日の買い物の場でも、浦部は警護としてあすかたちのそばについていたし、荷物も持ってくれた。

「浦部さん？」

『そうだ。男が入り口の前にいるんだろ。そいつに浦部を呼ぶように言え。俺はすぐ事務所へ向かう』

「んー、わかった」

『ああ、待て。電話は切るなよ』

「え？」

『いいからそのまま繋いどけ』

よくわからないが、あすかは言われたとおりにする。通話状態のスマホを握った状態で、訝《いぶか》しそうに睨《にら》んでくる若い男に向き直った。

「電話は終わったのか」

「えーと……浦部さんを呼んでもらえますか」

「浦部……？」

そう口にした途端に、若い男の顔色が変わる。

「どうして浦部幹部補佐の名を……」

男が震える声でつぶやいたと同時に、事務所の中が騒がしくなった。すぐに入り口の扉から見知った男性が出てくる。

「あすかさん」

「あ、浦部さん」

「……っ、う、浦部幹部補佐！」

若い男は慌てて頭を下げたが浦部は見向きもしない。彼の視線はあすかに向けられていた。

「佐賀里幹部から連絡をいただきました。すみません、気づくのが遅れまして」

「そんな、あたしこそ勝手に来ちゃってすみませんでした。迷惑じゃなかったですか」

「とんでもありません。会長は今こちらへ向かっている途中だそうです。どうぞ中でお待ちください」

「あ、はい。わかりました」

「か、会長……っ⁉」

若い男は浦部の言葉を聞いて顔面蒼白になった。あすかですら気づいたが、どうにもできない。とりあえず頭を下げた。そして浦部が開けてくれた扉から、おそるおそる事務所へ足を踏み入れる。

「お、お邪魔します」

「……あすかさん、それは？」

浦部が指摘したのは、両手で握っていたスマホだった。

「え？　あ、電話、リュージさんと繋がったままなんです。どうしてかわからないけど、電話を切らずにそのままにしてろと言われて」

「……お借りしてもよろしいですか」

「これですか？　いいですよ」

あすかがスマホを渡すと、浦部は「失礼します」と言ってそれを耳に当てる。そして一言二言話しただけで電話を切ってしまい、あすかにスマホを返した。

「あれ、もういいんですか？」

「ええ。では、どうぞ」

促《うなが》されて進むあすかの後ろに、浦部も続く。その場に青ざめた男を残していった事実は、すでにあすかの頭の中から消えていた。


「わあ、なんか前に来たときはいっぱいいっぱいで気づかなかったけど、こういう場所って普通の会社みたいなんですねー」

案内されたのは応接室だ。二度目の来訪も突然だったが、自分の意思で来たこともあり、前回よりも周りを観察できるくらいには落ち着いていた。

もちろん、漠然とした恐怖心と多少の緊張感はある。しかし今すぐ逃げ出したいと願うほど、身の危険は感じない。

「すみません、こんなものしか用意できませんで……」

部下があすかの前にコーヒーを置くと、浦部はそう言って頭を下げる。

「あ、全然！　気にしないでください。勝手に来たのはこっちですし」

「今、若い連中に甘いものを買いに走らせてますので」

(甘いもの……)

その言葉に、あすかはどう反応していいか迷った。

「どうしました」

「や……なんかヤクザの人が甘いものを買っている光景が、想像できなくて……」

浦部もそのとおりだと思ったのか、それまで崩さなかった雰囲気をわずかに和《やわ》らげる。

浦部は強面《こわもて》で表情が硬く、どちらかといえば寡黙《かもく》な男だ。しかしあすかに対して粗暴な言動を取ることはない。笑顔を見せることはなくても、ただの一般人であるあすかにも丁寧語を崩さない人物だった。

恐怖心を植えつけられたことも、ましてや邪険に扱われたこともない。ヤクザであっても丁寧に接してくれる態度に、あすかは安心感を抱《いだ》いていた。

「あ、そうだ、浦部さん。この前はありがとうございました」

「なんのことでしょうか?」

「リュージさんに買ってもらった服とかが入った紙袋、持ってくれたじゃないですか。すごく助かりました」

「気になさらないでください」

そのとき、ノックもなしに応接室に人が入ってきた。後ろに佐賀里を従えた長門だ。

「あ、リュージさん」

「待たせたな」

「ううん、全然待ってないよ。こっちこそ連絡もなしに来ちゃってごめんね」

「気にするな」

そう言うと、長門はあすかの座るソファーの真正面に腰を下ろす。長門が現れた時点で、浦部はさっと立ち上がり、扉のほうへ下がっていた。

(徹底してるなあ)

感心してしまうほどの動きだ。

「お待たせしました。ケーキです」

佐賀里はケーキが入った箱をテーブルに置いた。

「そこでちょうど買いに行かせていた者と鉢合わせまして、私がここまでお持ちしました」

「わ。ありがとうございます」

あすかは座ったまま頭を下げる。

「それと、ついでにこちらも」

差し出されたのはオレンジジュースで、あすかはいっそう恐縮した。

「ああ、ジュースまで！　わざわざすみません。しかも、あたしが好きなオレンジジュースだ」

「ケーキはいくつか種類がありますので、お好きなものを選んでください」

「選んでいいんですか」

「ええ。あすかさんのために買ってきたものですから、遠慮せずにどうぞ」

「ありがとうございます」

あすかがケーキの箱の中身を吟味《ぎんみ》し始めると、佐賀里と浦部は静かに部屋を後にした。

「どれにしよう、目移りしちゃうなあ……。じゃあ、これにしよっかな」

うきうきしながら選んだのは、ソテーしたリンゴとキャラメル、そして青リンゴのムースを組み合わせたケーキだ。

「食べてもいい？」

「好きなだけ食え」

「いただきます」

あすかは笑顔で手を合わせ、ケーキを口に入れた。その甘さにうっとりし、次々と口に運んでいく。

ケーキを食べ終えたタイミングで、長門が話しかけてきた。

「それで、あすか。今日はなにか用があってここまで来たんじゃないのか」

「あ、うん。そうなんだけど……」

あすかは目の前にあるケーキの箱をちらりと見て、言葉を濁《にご》す。

「どうした」

「……もうひとつもらっていいかなーって」

「……遠慮せず食えばいい」

「やった」

二つ目のケーキを選びつつ、あすかは内心でつぶやく。

（……今のはちょっと強引だったかも）

あすかが連絡もなしにここまで来たのは、ひとえに長門に礼を言いたかったからだ。服を褒められたことが純粋に嬉しくて、彼に感謝を直接伝えたくなった。

それで突然訪ねたわけだが、冷静になると、電話でも構わなかったのではないかと思えてくる。もしくは、次に食事に誘われたときに言ってもよかった。

そう思うと、自分の後先を考えない行動が、ずいぶん子どもっぽく感じられる。

——しかし今さらだ。

（……よし！）

あすかは思いきって立ち上がった。

「あすか？」

訝《いぶか》しげな長門の視線を感じながら、その場でくるりと回ってみせる。

「これ、リュージさんが買ってくれた服なんだけど、覚えてる？」

そう言って、今度は逆向《ぎゃく》きに回った。

「ああ、覚えてるさ。さっき部屋に入ったときに、真っ先に気づいたぞ」

「本当に？」

「当然だろ。俺が与えたものを忘れるはずがねぇ」

あすかは自分の格好を何度も確認して、思い出し笑いをした。

「褒められたんだ、友達に。似合ってるよって。そんなふうに褒められたことなかったから、すごく嬉しくて。全部リュージさんのおかげだよ」

照れくさくて、わずかに頬に赤みが差す。

「あんなに必要ないって駄々をこねてたのに、今さらそんなこと言うなんてって呆れるかもしれないけど」

「いや、呆れねえぞ。あすかが喜んでくれるなら、何着でも買ってやる」

長門はなぜか満足げで、その言葉もすぐさま実行に移しそうだ。

（リュージさんなら、そう言ってくれる気がしてた）

確信はなかったけど、なんとなくそんな気はしていた。そしてその予想はやはり当たったのだ。

そうして改めて、あすかは自分が置かれた現状を理解する。

「……リュージさん、甘いよー」

「あすかだけだぞ」

「うん……なんか、やっと自覚できたかも」

（リュージさんは、あたしが思ってる以上にすごく甘やかしてくれる人だ）

口にするのはとても照れる。込み上げてくる気恥ずかしさをごまかすように、あすかは上着の裾をいじった。

「……やっとか」

「うん、やっと、かな。リュージさんに甘えてよかったよ」

上着の裾に触れながら、視線を長門に移す。そして心からの無邪気な笑顔を向けた。

「だから直接お礼が言いたかったんだ。ありがとう、リュージさん」

（よし。ちゃんとお礼が言えた……！）

気分が高揚したあすかは、勢いのまま長門の隣に腰を下ろした。

この部屋のソファーは大きい。二人で腰掛けたところで、狭いと感じることもなかった。近すぎず遠すぎずといった間隔を空《あ》け座ったあすか。ぴったりと寄り添うくらい近くに座るのは、今の彼女でもハードルが高い。

「リュージさんもケーキ食べよ。たしか、甘すぎるのは苦手だったよね。あんまり甘くないやつだったら食べられるかなー」

あすかがケーキの箱を覗き込んでいると、長門がぎしりと身じろぎの音を立てる。

「ね、どれがいい？　リュージさん。あ、これは？　マロン——うわあ……！」

突然、腕を掴まれたせいで、あすかは声をあげた。長門にぐっと引き寄せられ、受身もとれずに彼のほうに倒れ込む。けれど衝撃の割りに痛みはほとんどない。長門が抱き留《と》めてくれたおかげだ。

「あ、ぶな……もう少しで箱落とすところだったよ」

（危《あや》うくケーキが台無しになっちゃうところだった）

ところが、ケーキの心配をしていられたのはここまでである。

「急になに、リュージさ……」

気がついたら、視界が逆転していた。それと同時に、背中にやわらかい感触を覚える。ぎしりとソファーが軋《きし》んだ。

「……あ、れ……？」

ぱちぱちとまばたきを繰り返していると、あすかの視界に初めて目にする長門の表情が飛び込んできた。

（うわ……なんか、心臓に悪い目つき……）

鈍《にぶ》いあすかでもわかる。彼女を見下ろす長門の瞳は、深い艶《つや》を含んでいた。しかもいつもの意地悪く目尻を下げる笑みでもなければ、口の片端《かたはし》を緩める笑みでもない。背筋がぞくりとするほど妖艶《ようえん》な笑みを浮かべているのだ。

あすかは反応に困り、彼から目を逸《そ》らす。

「あの、リュージさん、ちょっとどい……」

どいて、と続けるつもりだった。しかし、あすかの言葉を遮《さえぎ》るように、影が落ちてくる。

ほんの一瞬あすかの意識が逸《そ》れた瞬間——予想もしなかった出来事が彼女を襲った。

ふに、と唇にあたたかいなにかが触れたのだ。

（……え……）

驚くと人間は声も出ないらしい。

（……い、……今のって、……え？）

あすかはこぼれ落ちそうなほど目を瞠《みは》った。

（もしかして、キス、された……？）

生ぬるい感触に塞がれた唇。夢ではないはずだ。

（……って、キス!?　は、はあ……!?）

我に返ったあすかは飛び起きようとするが、腕を押さえられていて動けない。

（な、なんで）

さらにびっくりしたまま言葉も出ないあすかの上唇を、長門がべろりと舐める。

「ひゃ……！」

思わず色気のない声をもらし、慌てて口を閉じた。

(なに、今の声……っ)

そんなあすかの反応に長門は笑みを深めると、音を立てて額《ひたい》にキスをしてくる。次いでまぶたや鼻の頭、やわらかな頬にも、同じようにバードキスの嵐を降らせた。

(……え、え、え?)

あすかは驚きを通り越してきょとんとする。そのあいだも長門の動きは止まらない。濡れた唇を落としながら首筋をゆっくりと辿られる。時折、すんと空気を吸い込む気配がした。

(今、匂い嗅いだ!?　ひえっ、なんでそんなところを嗅ぐのっ!?)

他人の呼気をこんな間近で感じたことがないせいか、恥ずかしさでたまらなくなった。

(つうわあああああ)

くすぐったいような、むず痒《がゆ》い感覚に思わず身体をよじる。すると無防備だった鎖骨を曝《さら》け出すかたちになった。

長門は待っていたかのように、あすかの鎖骨を唇でなぞる。

「ふっ……わ……」

無意識にこぼれたそれは、あすかにはいささか不似合いな甘い声だった。その声が自分のものだと鼓膜が拾った瞬間に唇を噛んだが、もう遅い。

「……んっ。……ふ、ぅ」

噛みしめた唇の隙間から声がもれてしまう。泣いているわけでもないのに、濡れたような声質だった。

（……いやだ。この声……）

長門にも聞こえただろうか。きっと聞こえてしまったはずだ。

男の薄い唇が皮膚を撫《な》でて、あすかの汗ばんだ肌を舌先でつつくように舐める。そしてあろうことか、かぷっと軽く、あすかの鎖骨に噛みついた。

「……っう」

（か……噛まれた……!?）

今まで触れられていたやわらかさとは違う硬い感触。たまらず身体を押し返そうとするが、あすかの力では長門はびくともしない。

そしてそのとき、長門の表情が見えた。あすかの肌に刻まれた噛み痕《あと》を見て満足したのか、うっすらと口角に笑みを乗せたのだ。

彼の瞳は至近距離で見るにはいささか心臓に悪い、捕食者の光を宿《やど》していた。

（……ひっ）

あすかの喉《のど》がひくつく。

それに気づいていないのか、敢えて無視したのかはわからないが、長門はざらつく舌で慰撫《いぶ》するように噛み痕《あと》をなぞる。生々《なまなま》しいその感触にあすかの身体が震えた。同時に火照《ほて》りを感じる。

どうしてこんな状況に陥《おちい》っているのか、まったくわからないまま、あすかはただ長門の行動に翻弄《ほんろう》されていた。

（……こ、わい）

なにもわからない状況で、彼女の心は羞恥《しゅうち》よりも恐怖で支配されていく。

それからどのくらい経ったのか。気づけば長門の手のひらは、あすかの全身をやんわりとまさぐっていた。

「はっ、は……。はっ……ん……」

それに比例するように、あすかの呼吸は速くなっていく。

何度か試してみたが、やはり大人の男の身体をどかすことはできなかった。

それに抵抗するにつれて、あすかの身体をまさぐる長門の手が大胆になってきたのだ。

服の上から与えられる刺激に、彼女の全身から力が抜けていく。

そしてとうとう彼の手のひらが胸元に辿り着き、ささやかな胸をシャツの上からやんわりと揉まれた。

「んんっ……」

鼻から抜けるような声がもれる。同時に、背筋をぞわっとなにかが走ったような気がした。

（……な、にこれ）

少ししびれるような感じのあとに、ふわふわした感覚があった。とても不思議な心地だ。

（……いや、な感覚じゃない、けど……変な気分になる）

「あ……っ、ぁっ」

あすかの口から意図せずもれた声は、どこか甘かった。

それに長門は気をよくしたらしく、にいっと笑みを深くする。

そしてやわやわと大きな手で胸を揉みしだきつつ、不意にシャツの上から突起を摘《つま》んだ。その瞬間、あすかの身体に小さな電流が走った。

「あっ」

服越しだというのに、長門の指先でむにむにといじられるとわずかにしびれが生じる。

「んっ、あっ、あ」

（な、なんか、へんっ）

しかも何度もこすられるうちに、そのしびれは大きくなった。それに応じるように、口からは吐息に近い声が出て止まらない。

「は、ぁう……！」

揉まれたと思ったら先端を摘《つま》まれ、今度は尖《とが》った先をこすられる。

「んっ、く……っ。んぅ、あ……っ」

（……声っ、止まんない……！）

どれほどそうされていたのだろう。気づけばシャツのボタンは外され、長門の指が下着の下に侵入していた。そして淡い乳首に直接触れる。布越しの刺激では感じられなかった指先の熱に、びくんと身体が跳ねた。

「……っ、んん……っ、ゃあ……っ！」

（や、やだこれ……っやだ）

そう思った瞬間、痛みが走るほどの強さで先端を潰《つぶ》された。あすかの喉《のど》の奥から細い悲鳴がもれる。

「ああっ……！」

その刺激にのけぞって晒《さら》された喉元《のどもと》に、長門の歯がきつく食い込んだ。それはまるで、捕食者が逃げようとする獲物を捕らえて離さないとばかりに、鈍痛を与えるものであった。

「んー……っ！」

（いたっ——）

しかし痛みをはっきりと感じて、あすかはわけのわからない状況から現実へ引き戻されたのだ。

「――う、うわあ！」

自分の身体を押さえつけていた長門の肩を力の限り押し返す。先ほどまで幾度も試し、まったく歯が立たなかったというのに、このときは違った。とっさだったのが功を奏したのか、驚くほど簡単に押し退《の》けられたのだ。

「は、は、……はっ」

呼吸が荒い。酸素が足りず、くらくらする。

（……くるしいっ）

はだけた胸元を片手で押さえながら、もう片方の手をつき、身体をなんとか起こす。そしてほとんど逃げ場のないソファーの上を、ずりずりと尻をついた状態で後退《あとずさ》った。

そこでようやく顔を上げると、長門と視線がぶつかる。

「……っ」

思わずうつむきそうになったがぐっとこらえ、あすかは真正面から彼を睨《にら》んだ。

すると、長門の目の色が変わる。暴走していた長門が自我を取り戻した――彼女にはそう映った。

あすかを見つめる瞳には、ついさっきまで彼女を翻弄《ほんろう》していた凶暴さはない。いつもの平静さを取り戻している。

「あすか……」

長門が手を伸ばすが、あすかはそれから逃げるようにソファーから飛び起きた。

（つあ……）

過剰すぎる反応だったかもしれない。けれど身体が勝手に動いたのだ。

長門は軽く目を瞠《みは》り、一拍の間《ま》を挟むと口を開こうとする。だが彼が声を発する前に、あすかは荒い呼吸のまま言い放った。

「……っ、リュージさんのばか！　変態！　エロオヤジ！」

（い、言ってやった！）

しばし呆気にとられる長門に、さらに捨て台詞《ぜりふ》のように一言を投げつける。

「いいい、一週間、絶交！」

そう宣言したあすかは、荷物を掴み服を整えると、脱兎《だっと》のごとく部屋を飛び出した。

（ふ、ふざけるなふざけるなふざけるなーっ！）

感情は荒ぶり口汚い台詞《せりふ》が溢《あふ》れそうになる。

応接室を飛び出したあすかは、外で控えていた佐賀里や浦部たちの視線もまるきり目に入らなかった。焦っているせいで壁にぶつかりそうになったり、椅子の脚に引っかかって転びそうになったりしながら、なんとか事務所を後にする。

事務所を出るまで後ろから浦部が追ってきていたような気もしたが、挨拶《あいさつ》すら言えたかどうか記憶にない。

（言ったか言ってないか全然覚えてないとか……）

これでも一応、礼儀を気にしている。それを忘れたかもしれないなんて、最低だ。

しかしだからといって戻ることもできず、あすかは自転車に飛び乗って、事務所から無我夢中で逃げた。息も絶え絶えになりながらやっと状況を把握できたのは、それからずいぶん経ったころである。

「……く、くるし……」

ぜえはあとかわいげのない息を吐きつつ、なにがあったのか冷静に考えようとした――が、無理だ。荒くなった息を整えるのに必死で、酸素が頭に回らない。それでも落ち着こうと必死だった。

「は、あー……はあ、はあ、ふう。……く、苦しかったあ」

やっと息が整ったが、次に襲ってきたのは動悸《どうき》と混乱だった。

「……う、うわああ！」

いきなり街中《まちなか》で叫んでしまい、あすかは慌てて口を押さえる。同時に周りを見渡すと、案の定通行人の視線が刺さって痛い。

（……目立ってる！）

「う……」

たまらず人目の少ない通りへと逃げ、長いため息を吐き出した。

「くっそー、リュージさんめ……」

顔が赤くなっていると自覚しながら、怨嗟《えんさ》の声をつぶやく。

少しずつ落ち着きを取り戻してくると、先ほどのことがまざまざと思い出される。

顔中に降ったキスで、薄い唇が何度も触れた。肌を撫《な》でる呼気は想像以上に熱く、緊張であすかの皮膚はしっとりと汗ばんでいた。首筋を緩く食《は》まれると肌が一気に粟立《あわだ》ち、自分の体臭を嗅《か》がれて泣きたいほどの羞恥《しゅうち》を覚えた。

皮膚の下の一番弱いところをなぞるような指先の動き。やんわりと肌を噛む尖《とが》った歯の感触。他人に触れられたことのなかった場所を執拗に撫《な》で回されたせいで、あすかは息も絶え絶えになった。

本能的に感じ取った恐怖と背筋を這《は》い上がってくる言いようのない感覚は、腰が引けてしまうほど怖い。それなのに、貪欲に縋《すが》りついてしまいたくなるほど強烈だった。もう頭がついていかない。

だから逃げ出した。正直に言って、どうにかなってしまいそうだったから。自分の身体が根底から変わっていくようで焦燥《しょうそう》し、怖くなった。

（こんな自分は知らない。怖い）

それなのに、頼る相手はその恐怖を与える人間なのだから、まったく救いようがなかった。

ないのだ。

「……っ」

今でも身体中が火照《ほて》って熱い。長門の感触が肌に残っているような感覚が消えてくれ

「う、く……っ。うう～……」

（も、やだ、……なにこれ）

思わず両手で顔を覆《おお》った。じんわりと眦《まなじり》に涙が溜まっていく。

「なんであたしがこんな……」

あすかの思考は様々な感情に支配され、冷静になれそうになかった。代わりに肌をなぞる唇や指先、撫《な》で上げる舌のざらつきを思い出してしまい、たまらず頭を左右に振る。

「ああもう……恥ずかしくてどうにかなりそうっ」

（こんなのあたしじゃない……！）

長門はきっと女性経験が豊富だろう。あの見た目は女性を惹《ひ》きつける。ヤクザという職業でさえ構わないと思う人間がいても不思議ではない。

けれど、あすかは色恋沙汰《ざた》に慣れているとは到底言えなかった。異性に好意を示されたことなど、今まで生きてきた中で初めての経験だったのだ。さらにはその相手が長門のような十五も年上で、立場も立場な人なのだから、困惑は止まらない。

まして、あんな過剰なスキンシップは反則だ。刺激が強すぎて冷静になるのなんて無

理な話である。

「うあー……」

目を閉じると、鮮明に思い出してしまう。触れられた感触も熱も音と一緒になって、彼女の心を蝕《むしば》んでいく。

「リュージさんのエロオヤジ……！」

（ぜーったい許すもんか！）

そう覚悟を決め、あすかは拳《こぶし》を握りしめるのだった。

第五章

過剰な接触に翻弄《ほんろう》された日以来、あすかは長門の連絡をことごとく無視した。

彼は一日に何度も電話をかけてくるが、一度たりとも出ていない。『一週間絶交』と宣言したのだ。連絡を無視してもそれが意図的なものだとわかるだろう。

一週間という期間は、落ち着いて考えごとをする時間としては適切なはずだった。

長門と連絡を取らず、距離を置いているのだから、冷静になれる。そう思っていたのに、あすかは悶々《もんもん》として考えごとが進まないばかりか、自分が自分でないような感覚に陥《おちい》ることが多々あった。

それはすべて長門のせいだ。その証拠に、彼のことを考えると全身の血液が沸騰したかのように身体が熱くなるのだ。とても疲れる。

結局、あすかはぼんやりとしている時間が多くなった。そのせいか、最近はいいことがない。

厳しい教授の授業では課題レポートの提出をすっかり忘れるというミスを犯《おか》し、バイト先ではオーダーを間違えて客を困らせた。さらには食堂で頼んだばかりの昼食を手から滑らせたことすらあったのだ。

(あれもこれもリュージさんのせいだ)

恨《うら》み言《ごと》は募《つの》る一方だが、連絡を無視しているので文句のつけようがない。かといって、この文句を言うために絶交の約束を破るつもりもなかった。

(リュージさんも少しくらい悪かったと悔やめばいい)

いつの間《ま》にかあすかは、そんなことを思うようになっていた。


そうして早いもので、一週間。

あすかが授業を終えて自転車で帰ろうと大学を出たら、門の近くに長門の片腕である佐賀里がいた。彼は見慣れた黒塗りの車の脇に立っていて、あすかを見つけて声をかけてくる。

「こんにちは」

「こ、こんにちは」

呑気《のんき》に挨拶《あいさつ》を返している場合ではないが、佐賀里相手だと無視できない。もしもそんなことをしたら、痛い目に遭《あ》いそうだ。

（ここに佐賀里さんがいるってことは、もしかしてリュージさんが……？）

思わず車の後部座席に視線を流すと、佐賀里はあすかの思考回路を読んだらしい。

「会長はいらっしゃいませんよ」

「……そうですか」

ほっとしたような、残念なような、複雑な気持ちだった。

「佐賀里さんはどうしてここに……」

「私に付き合っていただけますか」

あすかの疑問を遮《さえぎ》って、佐賀里は誘ってくる。

「でも、自転車が」

「あとで部下に届けさせますから。さ、どうぞ」

有無を言わさぬ迫力に逆らえず、あすかは駐輪場に自転車を戻し、車に乗り込んだ。

車が動き出し、見慣れた光景が流れていく。沈黙が落ちた車内で、あすかは耐えきれずに口を開いた。

「……なにか用があって来たんですよ、ね」

疑問ではなく確認だ。以前、長門の右腕である佐賀里は多忙なのだと聞いた。そんな彼が用もなく自分を訪ねるはずがない。

助手席に座る佐賀里は、淡々と答えた。

「会長を許していただけないでしょうか」

(えっと……)

『許す』という言葉に、一瞬なんのことを言っているのかと首を傾《かし》げる。ワンテンポ遅れて、そういえば長門と絶交中だったと思い出した。

「愚《おろ》かな行動だったと反省されています。その証拠に、あすかさんから言い渡された条件を聞き入れ、強引に会いに行ったりはなさらなかったでしょう?」

「う……」

「絶交とは実にあなたらしい。私には到底思いつきません」

佐賀里のような大人の男に言われると、自分がどれだけ子どもなのか痛感させられた。

返事ができないあすかに、佐賀里は続ける。

「ですがいい加減、会長を許していただきたいのです。あなたと絶交していることで、会長は大変不機嫌でいらっしゃる。正直なところ、周りに迷惑がかかって仕方がないのですよ。下の者が怖がって近寄らないほどで」

「……そんなに機嫌、悪いんですか」

「ええ、ずいぶんと」

「……すみません」

そもそも悪いのは長門のはずなのに、思わず謝ってしまった。

「会長を嫌いになりましたか」

「……っえ」

「怒っていらっしゃるのでしょう？」

「……まあ、ちょっと……いや、だいぶ？」

「正直にどうぞ」

「……暴言を吐くくらいには」

「どんな暴言ですか。興味がありますね」

相手は長門の部下だ。そんな相手に正直に話していいものか迷い、口を噤《つぐ》む。

しかし佐賀里の視線から逃《のが》れられず、結局馬鹿正直に吐露《とろ》してしまった。

「リュージさんのエロオヤジ……とか」

「ふふ……会長がお聞きになったら、逆に嬉しそうに笑うかもしれませんね」

「……なんでですか？」

けれどその問いには答えてもらえなかった。逆にもう一度確認するように尋ねられる。

「会長を嫌いには、なっていらっしゃらないのですよね」

（嫌い……嫌い、かあ）

あすかは眉を寄せ少し考え込んだあと、首を横に振った。

「嫌いだなんて思ってないですよ。ただ……」

「ただ？」

そう促《うなが》す佐賀里の声に、あすかはぴんとくる。

「……佐賀里さんは、あたしが言いたいことをわかってるんですよね」

突拍子もない問いかけだが、佐賀里は微苦笑を見せた。それだけでお見通しなのだと悟《さと》る。

あすかは腹を括《くく》って、口を開いた。

「正直に言えば、許せないというよりも恥ずかしかっただけなんです」

ふう、と一息ついて、顎《あご》を掻いた。

口にしてしまえば呆気ないものだ。長門の行動は予想してなかったものだから、驚いた。そして一番は、恥ずかしかった。それだけだ。

『自分のそばにいろ』『女としてほしい』と望まれていたのに、彼が自分に直接手を出したことはなかったから、その意味をきちんと理解できていなかったのだろう。どこか楽観的に捉えていたのだ。

ところが、初めて長門に手を出された。それも半ば無理やり押し倒されて。

頭の中が真っ白になっているあいだに素肌を見られ、触られて——それが恥ずかしくてたまらなかったのだ。

嫌悪感があったなら必死で抵抗しただろう。たとえ相手が大人の男性でも、敵《かな》わないとわかっていても、噛みついたり急所を蹴ったりすることくらいできたはずだ。

でもそれをしなかった。いや、できなかった。

恐怖心はあったが、それだけではない。長門の本気を身体で感じ取ったからだ。触れられた指から、唇から、撫《な》でた呼気から、気配から、長門がどれほど自分を欲しているのか思い知らされた。

彼の肌の下に隠された激情を感じて、どうしようもない羞恥《しゅうち》に襲われたのだ。

(——だから逃げた)

理由は、それだけだった。

「それならば正直に話されてみてはいかがですか」

佐賀里がそう言うと同時に、車は六州会事務所の前で停まった。彼を見ると、軽く微笑みを向けられる。

「会長がお待ちです」

外から後部座席のドアを開けられて、あすかは躊躇《ちゅうちょ》した。

絶交期間は終わった。自分から行かなければ長門のほうから会いに来るかもしれない。しかし、向こうから来られては、慌ててしまうのが目に見えている。

(……よし、行こう)

あすかは意を決して車を降りた。

佐賀里に連れられて事務所に入ると、中にいた組員たちが「佐賀里幹部、お疲れさまです!」と言いながら一斉に頭を下げる。

(うわー……すご)

野太い声に、あすかは戦々恐々としてしまう。だが佐賀里は平然としている。

(やっぱり佐賀里さんもヤクザなんだ……)

頭を上げた組員らは、佐賀里の後ろに隠れるようについてきているあすかを見て、どこかほっとしたような表情を浮かべた。

(……なんだろう?)

その疑問は解消されないまま、あすかは会長室の前まで来た。その重厚な扉を佐賀里がノックする。

「佐賀里です。失礼します」

彼は返事を待たずに扉を開けると、あすかに目線を送ってきた。入れということだろうと、あすかは部屋の中に一歩足を踏み入れる。

部屋の中では、長門がパソコンに向かっていた。その視線はディスプレイに注《そそ》がれ、こちらには一瞥《いちべつ》もくれない。

あすかは助けを求めて背後を振り向いたが――

（さ、佐賀里さん!?　ええー……）

佐賀里は部屋に入らず、そのまま扉を閉めてしまった。

あすかは無言で立ち尽くす。

すると、部屋へ入ってきた者が一言も発しないことを怪訝《けげん》に思ったのか、長門が視線を上げた。

「佐賀里。どうし……」

驚きで長門の目が大きく見開かれた。

（あ……こんな表情、初めて見た）

「……あすか」

長門は勢いよく椅子から立ち上がり、こちらに近づいてくる。手を伸ばすと届くほどの距離に来て、彼はもう一度名前を呼んだ。

「あすか」

それはまさしく恋《こ》い焦《こ》がれた相手の名を囁《ささや》く声音《こわね》だった。腰が砕けそうなほど切なくて、胸がぎゅっとなる。

――あすかは気づけば、口を開いていた。

「リュ……リュージさん！　な、仲直りしよう！」

「……怒ってないのか」

佐賀里が言っていたとおり、長門にもあすかを怒らせた自覚はあるのだろう。確認するように問いかけてきた。

「お、怒ってないことはないけど……あの、さ」

「なんだ」

「……ちょっとは反省した？」

「当然だろ」

「……やけに素直だね。リュージさんらしくないなあ」

「なにを言ってる。俺はいつでも素直だろうが」

（素直って……なにそれ、似合わないし）

あすかは少し呆れながら、このまま意地を張っていても仕方ないと諦めた。正直に言うと、なんだか気が抜けてしまったのだ。

「……もういいよ。恥ずかしかっただけだし……。だからあのことは、許す」

ただ最後の意地で、唇を尖《とが》らせながら素っ気なくそう言った。それから、ぎこちなく長門に笑いかける。

するとそっと両腕で包み込まれた。

「抱きしめていいか」

「……もうしてるじゃん」

拗《す》ねた口調なのは照れのせいなので、見逃《みのが》してほしい。

そんなあすかの態度に長門は笑みを誘われたようだ。

「そうだな」

その言葉と同時に、彼の広い胸に抱き寄せられた。

かちかちに緊張していた身体が徐々にほぐれていく。すると長門は、髪の毛、額《ひたい》、まぶたに唇を落としてくる。くすぐったさと同時にほのかな劣情を感じ取り、あすかは身体が熱くなった。

髪の毛くらいなら許したが、直接肌に触れるのはアウトだ。

あすかは身をよじって長門の腕から抜け出し、わずかに潤《うる》んだ目で彼を睨《にら》みつける。

「調子に乗りすぎ！」

厳重注意をしたのに、長門にダメージは見受けられない。

「なあ、あすか」

「……なに」

「仲直りのしるしにほしいものはあるか。プレゼントしてやる」

「……別にものがほしいわけじゃ……」

「じゃあ食いたいものはあるか。なんでも言っていいぞ。奢《おご》らせろ」

「食べたいもの……」

ものに釣られてなるものかと思ったが、食べ物には否応《いやおう》なしに惹《ひ》かれてしまう。

一週間悩まされた件が片づいてほっとしたこともあり、空腹を思い出した。

「……お肉が食べたい。緊張したせいか、なんかお腹減っちゃった」

「わかった。任せとけ」

笑顔で了解した長門は、会長室の扉を開け、外で待機していた佐賀里に「店を予約しろ。肉が食いたいらしい」と告げる。そこであすかは「あっ」と声をあげた。

「待ってリュージさん。佐賀里さんも誘っちゃだめ？」

「私ですか」

その提案に佐賀里は驚く。

「はい。あと浦部さんも一緒にどうですか」

佐賀里の後ろに控えていた浦部は、とんでもないと首を横に振る。

「自分のことはお構いなく」

「でも、この前も浦部さんがいてくれたおかげで助かったし……。だからみんなで食べたほうが美味《おい》しいかなと思ったんですけど……」

ひとりよりも二人、二人よりももっとたくさんの人と一緒なら、食事はより美味《おい》しくなると思う。

(でも、さすがに唐突すぎたかなあ)

「迷惑でしたか……？」

あすかは残念でならなくて、ぼそっと尋ねる。すると長門は微苦笑を浮かべた。

「こいつがこう言ってるんだ。遠慮するな」

「……では、お言葉に甘えさせていただきます」

浦部が律儀に頭を下げる。

「予約しておきます」

佐賀里はくすりと笑うと、スマホを手に取り手配を始めた。そう時間をかけずに通話を終え、あすかに向き直る。

「予約、取れましたよ。――あすかさん、仲直りされたようで安心しました」

「えーと、はい。なんかよくわからないけど、流れで」

(本当にいつの間《ま》にかリュージさんのこと許してたな～。なんでだろう)

小首を傾《かし》げるあすか。

そんな彼女をよそに、佐賀里は着々と準備を進めてくれる。

「会長。車を表に回しましたので」

「ああ。行くぞ、あすか」

「あ、うん」

食事に連れ出され、あすかは自分が抱《いだ》いていた疑問をすっかり忘れたのだった。


「美味《おい》しかったですね～」

「ええ。会長にはご馳走《ちそう》になりました」

目の前で肉を焼いてくれる鉄板焼きの店での食事を終え、あすかは先に店の外に出ていた。もちろんひとりではなく、浦部がそばについている。長門と佐賀里はまだ店内だ。ここは長門の行きつけの店らしく、オーナーと少し話をしているようだ。

（涼しいー。もう秋だなあ）

十月も半ばに差しかかろうとしている。特に日が暮れてからは、肌寒いと感じることが多くなった。あすかはつい両手で腕をさすってしまう。

「寒いですか」

「大丈夫ですよ～」

心配してくれる浦部に首を横に振ったとき、そう遠くないところで男女の言い争う声がした。痴話《ちわ》喧嘩だろうかと、自然と眉根が寄る。

「どうかされましたか」

「あそこ……喧嘩でしょうか」

声が聞こえるほうを示すと、浦部は「ああ」とうなずいた。

よく見たら、男が一方的に怒鳴り散らしているらしい。女はなんとかなだめようと必死な様子だ。そのうち男女は言い合いをしながら路地へ入っていこうとする。

「そうでしょうね。若い連中が騒ぐことが多いんですよ、このあたりは」

「そうなんですか……」

繁華街なら喧嘩のひとつや二つ、日常茶飯事《さはんじ》だという。周りの通行人も見て見ぬふりで、誰も止めようとしない。あすかも普段なら関わり合おうとは思わないだろう。

しかし、目を凝《こ》らすこと数秒、驚いて言葉をなくす。

今、路地に入っていったのは――

「あすかさん、どうしました」

怪訝《けげん》に思ったようで浦部が腰を屈《かが》めてきたが、あすかは答えられなかった。その代わり、小走りで駆け出す。

「……あすかさん！」

引き留《と》める浦部の声は耳に届いているが、構わずに路地に向かった。薄暗い路地を覗き込んで、やはり見間違いではなかったと確信する。

諍《いさか》いを起こしていたのはチンピラふうの若い男と、あすかと同年代の若い女。その女に見覚えがあったのだ。

「……たしか、磯崎さん……」

間違いないだろう。彼女を知って、友人からその名を聞いたのは一週間前だ。

そのときふと、男が路地の入り口に立つあすかの存在に気づいた。できれば近づきたくないが、無視などできない。なぜなら、男は磯崎の髪を引っ掴んでいたのだ。

あすかはぐっと拳《こぶし》を握り、口を開く。

「磯崎さんですよね」

磯崎の虚《うつ》ろな瞳があすかを捉《とら》えた。彼女は泣いていて、目元が赤くなっている。

「……なんだてめえ」

「その手を離してください」

恐怖心を隠し、毅然《きぜん》とした態度で男に詰め寄る。

いくら赤の他人でも、女性が男に暴力を振るわれている場面をみすみす見逃《みのが》せない。

たとえ自分の腕っぷしに自信がなくてもだ。

震えそうになる脚を押し隠しながらあすかが一歩踏み出そうとした瞬間、目の前がふっと暗くなる。

「お知り合いですか」

「浦部さんっ」

あすかの身体を自分の背に隠すように、浦部が前に立った。

「えっと、知り合いってほどじゃないんですけど……。浦部さん、止めてもらえませんか。お願いします」

自分でどうにかできればいいが、勝てる見込みはない。間違いなく浦部のほうが勝率は高いだろう。

「わかりました。――おい、そこまでにしておけ」

浦部はわけも訊《き》かずに引き受けてくれた。

その姿を見て、若い男の顔が強張《こわば》る。浦部は決して声を荒らげているわけではない。むしろ物静かな態度で諭《さと》しているが、屈強な体格は男を怯《おび》えさせるには充分だったらしい。

チンピラふうの男は舌打ちをこぼし、磯崎の髪をようやく離した。彼女は建物の外壁にもたれかかりながら、崩れ落ちる。

（……よかった）

怪我はしていないだろうか。目に見える範囲にそれらしい箇所は見当たらないが、服の下はわからない。

あすかがどうしようかと思案していると、背後に気配を感じた。

「なにをやってる」

長門だ。後ろに佐賀里を従えている。しかしその様子はどこかいつもと違って見えた。

（……あれ？）

彼は常に圧倒的な存在感を持つ。その上、どうやら今は機嫌がすこぶる悪いらしく、いつにも増して威圧的だ。それに、あすかが目にしたことがないほど眼光が鋭《するど》い。

彼を見て、チンピラふうの男は顔面蒼白で震えた。磯崎も目を瞠《みは》っている。

一方のあすかは、長門が不機嫌になった理由がわからずに首をひねった。

（……なんか、リュージさん、怒ってる……？）

すると長門はいきなりあすかの腕を掴んでくる。

「帰るぞ」

「え、あ、……待ってよ、リュージさんっ」

強引にその場から引き離されそうになり、あすかは焦った。

（磯崎さんになにか言わないと）

「リュージさん、リュージさんってば」

長門はあすかの声に応じず、ずかずかと歩みを進める。佐賀里や浦部もついてきた。

あすかは一度後ろを振り返ったが、すでに磯崎の表情は暗闇で判別できなかった。

佐賀里たちとは別々の車へ乗り込んだところで、長門は叱り飛ばしてくる。

「なにやってるんだ、おまえは」

「だって……知ってる人が絡まれてて、放っておけなかったんだよ。……ごめん」

どうやら心配をかけたようだと気づき、あすかは素直に謝った。

「知り合いか」

「知り合い……じゃない。大学が同じってだけで、喋《しゃべ》ったこともないから。あっちはあたしの顔なんて知らないと思う。あたしがあの人の名前を知ったのも偶然だし」

「そんな人間を助けようとしたのか」

「……ひどいことをされてるのを見かけたら、無視なんてできないよ」

しょんぼり肩を落とすあすかの頭を、大きな手が撫《な》でてくれる。

「あまり無茶はするなよ。浦部がついていたからよかったが、仮におまえに傷ひとつでもつけられたら、俺は相手を殺すだろうな」

あすかの全身から血の気が引き、言い知れない恐怖を覚える。

自分以外があすかを害するのは我慢ならないのか、滲《にじ》み出る迫力は本物だった。ヤクザの言葉だ、口先だけではないだろう。

「……怖いよ」

「言わせてるのはおまえだ。それぐらい大切だって気づけよ」

「……うん。ごめん」

目を伏せると、彼の指先がまつ毛をなぞってくる。冷たい言葉とは違うぬくもりに、胸があたたかくなった。

「……でも、お願いだから、そんなことはしないでね」

「ん？」

あすかはおずおずと、しかしまっすぐ長門を見上げる。

「リュージさんがあたしのために人を殺すのはいやだよ。そんなところ、見たくない。それに、そういうことを言うのもやだ。リュージさんに言わせたくないよ」

（殺すなんて、たとえ冗談でも聞きたくない）

自分のために長門の手が汚れるのはいやだ。よしんば長門が望んだことだとしても。

「俺が人殺しになるのはいやか」

「うん……いやだ」

「そうか」

「そうだよ！」

あすかはどこまでも真剣だ。非現実的で真実味のない単語が飛び交う中でも、長門を想う気持ちだけは本物だった。

「じゃあそうさせないために、あすかが気をつけることはなんだ」

（ええと、気をつけること、気をつけること……）

「……リュージさんの迷惑になることはしない？」

「迷惑？」

長門の眉間にしわが寄る。

（あ、間違えた……⁉）

「じゃ、じゃなくて、リュージさんに心配かけないようにするっ」

「そうだ」

（……よし、今度は当たった！）

長門にくしゃりと髪を撫《な》でられ、あすかの口元が緩む。

「これからは気をつける」

「そうしてくれると助かるな」

「……心配性だなあ」

「あすかだけだぞ」

「リュージさん、オヤジ〜」

「なんだと」

「え……っ、わあ！」

単なる冗談だったのに逆鱗《げきりん》に触れてしまったらしい。車内なのに長門の腕の中に閉じ込められ、あすかはばたばたともがく。

「く、苦しいよ～」

「俺をオヤジだと言った罰だ」

「オヤジじゃん！」

「……ほう？」

「あ……」

（しまった……っ）

失言だと悟《さと》ったときにはもう遅かった。このあと、運転手はもちろん助手席にも人がいる状況で、ずっと恥ずかしい思いをする羽目《はめ》になる。

長門はあろうことか、あすかを膝の上で横抱きにし、長時間離そうとしなかったのだ。逃げようとしたら腰や腕を掴まれ、身体をよじれば服の中に長門の手が忍び込もうとする。

あすかは逃げることはおろか、終始気を抜くこともできなかった。

アパートに到着し、身体がやっと解放されたところで、あすかは悔し紛れに睨《にら》んだ。だが、長門はにやりと意地悪く笑みを向けてくるので、どうにも負けた気分だ。

「今度会ったらほっぺたつねってやろうかな」

自室に戻りながら、あすかは小さな反撃を画策するのだった。

　それから数日のあいだ、あすかは大学でも磯崎の存在を気にしていた。しかし、彼女とは学部も学年も違う。広い構内で顔を合わせることなどめったになく、自然と磯崎のことも忘れていった。

　ところが数週間後、花江と一緒に大学内を歩いていたとき、偶然磯崎と再会したのだ。

　磯崎はあすかの向かいから歩いてきた。学生が行き交う中で、磯崎の容姿は群を抜いているせいか目に留《と》まったのだ。

　あすかが目で追うと、隣の花江も気づいたらしい。

「あ、磯崎さんだ」

　花江がそうつぶやくと同時に、磯崎もこちらに気がつく。彼女は正面からあすかの顔を見て、目を瞠《みは》った。そして慌てて顔を伏せる。

　明らかにこちらを避《さ》けた。彼女はそのまま早歩きで脇を通り抜けていく。

「……なーに？　今の」

　花江は訝《いぶか》しげに後ろを振り返った。

「なんだかこっちを避《さ》けたみたいだったよね、あすかちゃん。……あすかちゃん？　どうしたの」

　あすかは花江の呼びかけに答えられず、なんとも言えない表情を浮かべる。

「……えっと」

「もしかして磯崎さんとなにかあった？」

その問いかけに、あすかはわずかにためらってから答えた。

「……少し前、あの人が男と喧嘩してるところに出くわして、助けに入ったんだ」

「なんで？」

花江の反応に少し怯《ひる》む。

「なんでって……絡まれてたから、だよ」

「磯崎さんと知り合いじゃなかったよね？　あすかちゃん、知らないって言ってたし」

「うん。まったく知り合いじゃないよ。噂も聞いたことなかった」

「じゃあどうしてそんなことに？　なんで磯崎さんを助けることになったのか、全然わからないんだけど」

「うーん……偶然？」

曖昧《あいまい》な答えしか返せなかった。けれど実際、偶然以外のなにものでもないのだ。

「危ないよーそんなことしたら。あすかちゃん、ひとりだったの？」

「ううん、知り合いと一緒にいて……。……ひとりじゃなかったから、できたのかも」

あすかがぽつりと言うと、花江はしばし間《ま》を置いてうなずく。

「……そうなんだ」

その言葉になんとなく含みを感じたが、それ以上追及されることはなかった。

そうしているうちに次の授業がある教室へ到着する。席についてからも、磯崎に関する話は続いた。

「それで、どんな状況だったの？」

「なんか男の人と、喧嘩……なのかなあ。ただあたしが見た限りでは、喧嘩っていうより一方的に相手の男が手を出していた感じだったんだけど。……知ってる人がそういう目に遭《あ》ってたら、無視できないじゃん」

「まあ、そうだね」

「だから、つい動いちゃったんだよね」

「つい、か。……でも、思いっきり避《さ》けられてたね」

「そうだねえ……」

数分前のことを思い出し、あすかは苦笑いを浮かべた。

「あの様子じゃ、あっちもあすかちゃんのことを覚えてたみたいだね。でも、あんなに避《さ》けなくてもいいのに。むしろお礼を言ってもよかったんじゃない？」

「うーん。あたし、途中で知り合いに止められて、立ち去っちゃったからなあ……。たぶん、迷惑だったんだよ」

「その可能性はあるかもしれないけどさー。でも助けてもらって無視はひどくない？一言くらいあってもいいと思うけど」

花江があすかのために憤慨してくれることが嬉しくて、ついフォローに回る。

「驚いたんじゃないかな。喧嘩を見られた相手が同じ大学だって知ったら、普通驚くでしょ。ただでさえあの人となんの繋がりもないんだし」

「そうだけどさー」

花江はまだ不満そうだ。

「もういいんだ。ありがとう、花江。あたしは気にしてないし、これから磯崎さんと関わることもないだろうしね」

「まあねえ」

よかれと思ったあすかの行動は、相手にとっては迷惑だったに違いない。

（もしかしたら、磯崎さんはあんな場面を誰かに目撃されたくなかったのかも）

相手が同じ大学の学生ならなおさらだ。下手な噂がさらに広がると危惧《きぐ》したのかもしれない。

（それか、あのあともっとひどいことをあのチンピラふうの男にされた……とか？）

一度浮かんだいやな想像は妙に現実味がある。

考えなしに飛び出した自分勝手な正義感を、あすかはこのとき初めて後悔した。

＊　＊　＊

――路地で喧嘩中に横槍《よこやり》が入り、それらが立ち去ったあと。

男はひどく苛立《いらだ》ち、路地裏に置かれていた酒瓶を蹴り上げた。

「くそ……！」

ガシャン、と派手な音を立てて酒瓶が割れ、磯崎はびくりと身体をすくめる。

男は磯崎の恋人で、癇癪《かんしゃく》持ちだった。気に入らないことがあれば手を上げて暴れ出す、厄介な人種だ。

人目があろうとなかろうと、一度切れたら止められない。今まで何度もそんなことがあり、そのたびに磯崎は鬱憤《うっぷん》を晴らす対象として男に暴力を振るわれてきた。

そしてそれは今日も同じだった。

些細《ささい》なことで暴れ出した男を止めようとした結果、磯崎は路地で男から暴力を受けることとなった。周りの人間が見て見ぬふりをするのは、いつものこと。しばらくすれば男は落ち着き、機嫌が直る。この時間さえ我慢すればいい。

そう思っていたのに、磯崎と同年代の女が割り込んできた。しかもその女は、異様に威圧的な男たちを連れていたのだ。

男が女を連れ去るようにしていなくなった今、磯崎の恋人は怯《おび》えを恥じるように苛立《いらだ》ち、当たり散らしてきた。

「六州会の会長じゃねえか！　なんでこんな場所にあんな大物が……っ」

「六州会……？」

磯崎はつぶやく。その名は聞いたことがある。

六州会はこのあたりで名を馳《は》せているヤクザの組だったはず。そんなところの会長には、恋人のようなチンピラなど相手にされないばかりか、視界にも入らないだろう。

「あの女はおまえの知り合いだろう!?」

「し、知らない……っ」

「うそつくな！　おまえの名前を呼んでたじゃねえか！」

「きゃあ！」

またもガラスが飛び散る音が響き、磯崎はたまらず耳を押さえた。

助けに入った女はたしかに自分の名を呼んだ。しかし、彼女の顔に見覚えはない。

もしかしたら同じ大学の学生かもしれない。大学で自分の噂が飛び交っていることは知っている。それは、当たらずとも遠からずといった内容だった。

そんな噂のせいで、相手が一方的に自分の顔を知っているという可能性はある。

それはともかく、問題は女とともにいた男たちだった。

磯崎の目から見ても一般人だとは思えなかったが、まさかヤクザだったとは。たかだか街で粋《いき》がるだけのチンピラと、裏から支配するヤクザ。力の差は歴然で、男は退却せざるをえなかった。

しかし、退却してすべてが解決したわけではない。磯崎の恋人の怒りはおさまらなかったのだ。

彼が屈辱《くつじょく》を感じている相手は、自分より圧倒的に強い六州会の人間。

しかし恋人は本能的に強いものに逆らうことを避《さ》け、あろうことか男たちとともにいた女に怨嗟《えんさ》を向けた。

「あの女は六州会会長のなんなんだ！　まさかイロとかいうんじゃねえだろうな!?」

「イロ……」

イロとはヤクザの恋人や愛人のことを指す言葉のはずだ。

磯崎は呆然とした。同年代の女はかけらも色気がなく、そんな関係には見えなかったが、一緒にいるということから考えてもあながち的外れではないのかもしれない。

（……信じられない……）

ぼんやりしていると、急に髪の毛を掴まれた。磯崎は細い悲鳴をもらす。

「……いたっ」

「おい、今なにを考えてた」

男は血走った目で睨《ね》めつけてくる。

「……な、にも」

「うそだな。おまえ、自分のほうがヤクザのイロに向いてるとか思ったんだろう」

（ありえない……っ）

磯崎は首を横に振るが、男は信用しなかった。

「たしかにあの女に比べたら、おまえのほうが顔はいいかもしれねえが……。おまえなんかを手元に置くやつは俺しかいねえって、よくわかってるだろ？　あ？」

ひどい言葉を浴びせられ、磯崎は唇を噛む。

「その顔と身体でもっと稼げよ。頼りにしてるぜ」

掴まれていた手を離され、磯崎の首ががくんと落ちた。男はそのまま高笑いをあげて離れていく。その声を遠くに聞きながら、磯崎はまぶたを閉じた。

男は、いくつもの金融会社から借金をしている。そしてその返済を、恋人であるはずの磯崎にさせていた。

彼女は借金を返すために身体まで売った。

恋人に娼婦扱いされるのも、もう慣れた。哀しいかな、たくさんのことを覚えてしまった。

恋人以外の男の性器を口で愛撫《あいぶ》する技巧も。吐き出された精液をえずかずのみ干すことも。他人を快楽へ導くための腰の遣《つか》い方も。複数人を同時に相手にする絶望も。

すべてこの状況に陥《おちい》ってから経験したことだ。道具を使われたり、動画を撮られたりしたこともある。暴力を振るわれるのもざらで、自分勝手なひどい抱き方をされ、見知らぬ部屋に放置されたことすらあった。

どうしてこんな底辺まで堕《お》ちてしまったのか、もう今となってはわからない。

自分の恋人がチンピラで、しかも借金を女に払わせる最低な男だと知っても、別れられなかった。

もちろん、家族や友人には何度も別れるようにと説得された。それを頑《かたく》なに拒んだのは、ほかでもない磯崎自身である。

ひどい男だ。最悪の人間だ。

それなのに、磯崎は恋人のことを好いていた。

なぜなのかもう理由もおぼろげだというのに、ただ心の底から惚れていた。恋人に捨てられずに済むのなら、自分がどこまで堕《お》ちようとも構わなかった。彼のためにできることは、なんでもしたかった。

だが、一方でそんな自分を哀《あわ》れに思う平常な思考が、磯崎にもかすかに残っていたらしい。

磯崎の心に積もり積もっていた澱《おり》が、こぽこぽと息を吹き返す。誰しもが抱える闇、心の奥底に巣食う感情。それは他人を羨《うらや》む、単純な嫉妬《しっと》だ。

なぜ自分は、こんなつらい思いをしてまで、男にしがみつくことしかできないのか。

ヤクザと一緒にいるあの女と自分の境遇の違いはなんだ。あの女は暴力を振るわれるどころか、ヤクザに庇護《ひご》されていたではないか。

どうして自分ばかりが、こんな惨《みじ》めな思いをしなければならないのか。

どうしてどうしてどうしてどうしてどうして——……!

自分を助けた女と偶然にも大学で再会したとき、磯崎の心に炎が灯《とも》った。

それは胸の奥底で眠っていた、どす黒い情念の炎だった。

＊　＊　＊

あすかには最近、気がかりがある。外出中に人の視線を感じるようになったのだ。

誰かに見られているような気がして振り返ることが多い。今までこんな経験はなく、はじめは気のせいだろうと思っていたが、あまりに頻繁なので確信した。

しかも何日も続いているので、さすがに疲弊《ひへい》している。

普段あすかはひとりで悶々《もんもん》と悩んだりはしない。しかし今回は人に相談するのが憚《はばか》られた。彼女自身に心当たりはなく、自意識過剰だと流されるのも目に見えているからだ。

そのため、気にしないように努めていたのだけれど——鋭《するど》い相手には見抜かれてしまった。

「あーすか」

名前を呼ばれると同時に眉間を指で押され、あすかははっと我に返る。

「……へ……あ、あれ……？」

ぱちぱちと何度もまばたきを繰り返す。周りを見渡すと、気遣《きづか》うような視線とぶつかった。視線の主は長門である。

「ぼうっとしてたぞ。どうかしたか。悩みごとか」

「……えっと」

「なにかあったのか」

（どうしてリュージさんがここに……あ、そうだ。バイト先まで迎えに来て、ご飯に連れて来てくれたんだ）

あすかはぼんやりしていた頭を働かせ、今の状況を思い出した。小料理屋の個室で二人きりである。

「元気がないな」

長門は訝《いぶか》しむというよりは、心配しているらしい。あすかはとっさに笑みを作る。

「……いつもどおりだよ？」

「あすか」

「……ん？」

「なにかあったなら俺を頼れ。それとも、俺はそんなに頼りにならない男か」

「……っ」

思いがけない言葉に、あすかの笑みが歪《ゆが》む。

「……そ……ん……な……っ、ことないよ……」

込み上げてくる感情をこらえながら、なんとか答えた。

(……今そんなこと言うなんてずるい……っ)

「あー悪かった悪かった。おまえをいじめるつもりはなかったんだ」

長門は苦笑を浮かべ、よしよしとあやすように頭を撫《な》でてくる。次第に気持ちが落ち着いてきた。

「言いたくないなら言わなくてもいいが、俺は無理にでも聞きたい」

「……言ってることめちゃくちゃだよ」

「あすかに関しては譲《ゆず》る気はねえんだよ。で、なにかあったんだろ? そんなに元気がないのは、珍しいからな」

「……元気がないわけじゃ……」

言いかけて口ごもる。長門の言うとおり、元気はないかもしれない。

かたちあるものなら対処の仕様があるが、そうでないものにはどうしていいかわからず、めっぽう弱くなる。

しかし、言いづらくてあすかがためらっていると、長門に妙な誤解を与えたらしい。

「バイト先でいやなことでもあったのか？　おい、まさか客に口説《くど》かれたんじゃねえだろうな」

「……はっ？　く、口説《くど》かれ……!?　そ、そんなことされてないって！　ないないいっ！　されるわけないじゃん、あたしがっ。そんな物好き、そういないよ！　なにを心配してるんだよ、もう！」

力強く断言するあすか。

しかし現在、長門に口説《くど》かれている状況だということをすっかり忘れていた。さらにはその相手を『物好き』とまで言う言葉の選択ミスにも気がつかない。

「そ、それに、もしされそうになっても撃退できるし！」

「ほう。それは安心だ」

「……っ」

意地になるあすかに、長門はにやりと意地悪く笑う。あすかは急に恥ずかしさが込み上げてきて顔を逸《そ》らした。

「で、本当のところはなにがあったんだ？　風邪……でもないしな」

どさくさにまぎれてするりと頬を撫《な》でられ、あすかはつい、うっとりと目をつぶる。

（……あ。気持ちいい……）

こんなふうに触れられるのがすごく好きなのだと、最近気がついた。

心が緩んで、あすかの口も軽くなる。

「……このごろ、誰かに見られているような気がするんだ。人の視線を感じるっていうか……」

「視線か」

「うん、最初は気のせいかなって思ってたんだけど……」

「気のせいじゃなかったか」

「……たぶん」

あすかは、はあ……、とため息をつく。

物言わぬ視線は少しずつ精神をすり減らしていった。自覚している以上にダメージを受けているかもしれない。

「どこで感じる」

「どこ……？　うーん、そうだなあ……多いのはバイト先までの道のりとか、大学かな」

「大学？　大学の中か？」

「うん。視線を感じるのは、四六時中ってわけじゃないんだ。ふと気づくと見られているような感じがするんだよ。鈍《にぶ》いほうだからあんまり気にならないだろって思うかもしれないけど、今はちょっと、いやだいぶ……参ってる、かな」

正直に吐露《とろ》すると、胸のつかえが少しだけ軽くなった気がする。もしかしたら誰かに話を聞いてもらいたかったのかもしれない。

話をしているあいだも、長門の手は変わらず頭を撫《な》でてくれる。その優しさにも安心した。ぐしゃぐしゃと掻き乱されることもあるけど、あすかを気遣《きづか》う彼の手はとても気持ちがいい。

「……リュージさんは他人の視線なんて気にならない人だよね」

ぽつりとこぼれたのは質問よりも断定に近かった。

「普段からすごく色んな人に見られてるもん。いちいち気にしてたら、身体がもたないよね」

「そうだな」

常日頃から人を惹《ひ》きつける容姿で威圧的なほどの存在感を放つ彼は、よくも悪くも人の視線を集める。自分に無関係な視線など頓着しないのだろう。

「……羨《うらや》ましいなあ」

(気にならないっていうのは、楽だろうなー)

特に深い意味はないつぶやきだったが、長門はふっと意味深に笑った。

「誰かに注目されたいのか」

「ええっ？　そんなこと思ってないよ。人の視線が気にならないのが羨《うらや》ましいって話」

「注目される俺を羨《うらや》んでいるように聞こえたぞ」

「そういう意味じゃないってば」

頓珍漢《とんちんかん》なことを言う長門に呆れる。しかし、冗談交じりのやり取りのおかげか、自然と笑っていた。

そこで長門が改めて尋ねてくる。

「なあ、あすか。視線を感じるようになったのは最近って言ったな。具体的にいつごろか覚えてるか」

「いつごろ……うーん」

「なにかきっかけがあったとか」

「きっかけ……、あ」

(……そういえば、あれ、かも)

「なんだ、なにかあるのか」

「や、別にたいしたことじゃないけど……。なにかあったとすれば、磯崎さんが喧嘩しているところに居合わせたことくらいかなあって。ほら、リュージさんも一緒だった日。それ以外は特になにもなかったから」

「磯崎……大学の知り合いだとかいう相手だな」

先日の一件を長門も思い出してくれたらしい。

「うん。でも、顔を知ってるだけだよ、本当に。あのあと、大学で一度だけ会ったんだけど、逃げるようにどっか行っちゃったし。たぶん迷惑だったんだろうなあ……」

こちらが善意でした行《おこな》いも、受けたほうからすれば迷惑でしかないことは世の中に多々ある。あのときはなにも考えずに飛び出してしまったが、やはり関わるべきではなかったのだ。

（もう出しゃばるのはやめよう）

あすかは磯崎の問題にはこれ以上首を突っ込むまいと、心に誓った。

長門はしばし黙り込んでから、いつものようにさばさばと言う。

「迷惑だったかはわかんねえが、まあ、あまり気にするな。けど、困ったことがあったら、なんでも俺に言うんだぞ。遠慮はなしだ」

頭を撫《な》でられながら念を押され、あすかは心地よくなりながら「うん」とうなずいた。話を聞いてもらったおかげで、心も少し軽くなったようだった。

＊＊＊

学生なら誰しもが悩む課題がある。それはレポート提出だ。あすかも例外ではなかった。

その日、早い時間に授業が終わったあすかは、友人たちと集まってレポートの下調べに精を出していた。中庭が見下ろせるカフェテラスで友人たちとテーブルを囲みながら、資料に向かう。

図書館でやってもよかったのだが、静かな場所ではレポートの相談をすることすらためらわれるので好きじゃない。切羽《せっぱ》詰まっている状況ならともかく、提出は二週間先だ。まだ余裕がある。友人たちと軽く喋《しゃべ》りながら進めても支障はなかった。

「ちょっと休憩~」

根《こん》を詰めるのが苦手なあすかは、休憩と称して早々に離脱する。

「どこまで進んだ?」

「三分の一くらいかなあ。まだまだだよ」

紙パックのオレンジジュースのストローを口に含みながら答えた。

しばらくすると、友人たちもきりがいいところで手を止めた。

「もういいや。明日またやろう」

「そうだね」

課題もそこそこに、雑談が始まる。そして、とある噂が話題に上《のぼ》った。

「本当だったんだ……」

「らしいよ。何人かが噂してるのを聞いたから間違いないと思う」

「自主退学か……あの人」

その噂とは、よくない噂で目立つ磯崎が自主退学したというものだった。それは売春行為が大学側に発覚したからだとか。

散々噂が流れていただけに、驚きと納得の声があがっている。

その話を、あすかは黙って聞いていた。

「こんな時期にっていうのは、ちょっとあれだね」

友人のひとりが気の毒そうに言う。

磯崎は四年生だ。あと半年もせずに卒業なのに、この時期に退学とは無念だろう。

「仕方ないよ。売春じゃあ大学も見過ごせないだろうし、自主退学しなかったらなんらかの処分が下ってたんじゃない？」

「売春ってさ、やっぱり付き合ってる男の借金返済のために仕方なく……ってやつなのかね」

「さあ。どうなんだろ。そうだとしたら、ちょっとかわいそうだね。普通の男と付き合ってれば、そんな目に遭《あ》わなかっただろうに」

「売春って……なんか、別世界のことだと思ってたけど、こうも近くに実際やってた人がいるってなると、ちょっと怖い」

「……だね。他人事《ひとごと》じゃない感じ」

そんなふうに友人たちが話しているあいだ、あすかはいっさい口を開かなかった。ストローを口に含んだまま、だんまりだ。

あすかには、友人たちと同じ距離感で磯崎について話すことはできなかった。最低な男を恋人に持つ磯崎に同情を抱《いだ》いている。それは、彼女が暴力を振るわれているところを目撃したあすかだからこその、生々《なまなま》しい感情だ。

一方で、こんな状況に陥ってしまった原因は、あんな最低な男を恋人として選んだ磯崎自身にあると考えていた。家族や知り合いから止められてもなお恋人と別れないのは、彼女の意思によるものだろう。どんな理由があって男から離れないのか見当がつかないが、自分の選択に責任を持つことも必要なのだと思う。

不意に長門の顔が頭をよぎった。

六州会会長——ヤクザという、一般人の自分とはかけ離れた存在の男に、あすかは今、口説《くど》かれている。けれど無理やり囲われたり、力ずくでものにされたりしたことはない。一度だけ長門が暴走しかけたことがあったように強引な一面はあるが、彼はいつだってあすかの意思を尊重してくれる。立場を振りかざして脅されたことも、手を上げられたこともない。

ヤクザであることを前提に、長門隆二としての人となりを見せつけ、あすかに判断させようとしているのだと解釈している。

だからもし長門の手をとることがあれば、そのときはあすか自身が自分の選択に責任を持つべきだ。ヤクザとの関わり合いを断ちきることができないならば、それ相応のリスクを負うべきである。

　夏期休暇中、長門と離れて実家へ戻っていた期間に導き出した答えは、これだった。

「……ちゃん、……あすかちゃん？」

「……え」

　ふと顔を上げると、友人たちの視線が自分に向いていた。

「なにか考えごと？　めちゃくちゃ難しい顔してたけど」

「え、あ、そう？　ごめん大丈夫なんでもないよ～。って、……あれ」

　テーブルの上に出しっぱなしだったスマホと資料をリュックにしまおうとして、ふと気づく。リュックの口を大きく開いて確認するが、やっぱり見当たらない。

「教科書忘れたかも」

「教科書って、さっきの授業の？」

「うん、たぶん。ちょっと確認してくる」

「でもあの教室、今の時間帯も授業やってるんじゃない？」

「授業中だったら戻ってくるよ。授業終わってからまた確認しに行く」

　ちょっと行ってくる、と手ぶらでカフェテラスを後にする。ここから先ほどまで授業で使っていた教室はすぐだ。隣の校舎のひとつ上の階にある。

廊下は授業中のせいか学生が少ない。階段や廊下を掃除している清掃員の姿がちらほら見えるだけだ。

階段を上《のぼ》って目的の教室をそろりと覗くと、人の気配はなかった。どうやらこの時間、講義に使われていないらしい。

あすかはほっとして教室に入り、自分が座っていた机の中を見る。案の定、教科書が一冊残っていた。

「あった。よかった〜」

手に持って無人の教室を出る。階段を下りる途中、不意に誰かの視線を感じて振り返った。すると背後に人が立っていて、あすかは目を見開く。

「あ……」

(どうしてここに?)

階段の一番上であすかを見下ろしていたのは、噂の人物——磯崎だったのだ。自主退学したはずだから構内で見かけることはないと思っていただけに、驚いてしまう。けれど磯崎とはこれといった接点も、話すべきこともない。そのまま友人らのもとへ戻ろうとしたら、どういうわけか声をかけられた。

「——待って」

上から降ってきたその声には、気のせいだろうか、どこか疲労がうかがえる。

あすかは振り向いたまま、判断に困って動けなかった。

（……なにか用かな。でも、もう出しゃばらないようにしようって決めたし……）

そんなことを考えていると、磯崎は階段の手摺《てす》りに手を置いて口を開いた。

「あなた、六州会の会長とどんな関係なの」

「はい？」

唐突な質問に、思わず訊《き》き返してしまった。だがその反応が、磯崎は気に入らなかったらしい。

「このあいだ、一緒にいたじゃない！　六州会会長と知り合いなんでしょう!?」

途端に彼女は高圧的な口調に変わり、きつく睨《にら》んでくる。あすかは眉をひそめた。

（……どうしてリュージさんの正体を知ってるの？）

なににしても、磯崎とはこれ以上関わらないほうがいい。このまま立ち去るべきだ。けれども彼女の不気味さに怯《ひる》んでしまい、素早く動けない。あすかは一段だけ、階段を下りた。

「答えてよ！」

そう怒鳴られ、あすかは驚いた拍子に足を踏み外しそうになった。慌てて手摺《てす》りを掴んだので落下は防げたものの、心臓がばくばく鳴っている。

「……びっくりしたあ。落ちるかと思った」

そんなあすかを磯崎は歯牙《しが》にもかけない。次はなにを言われるのかとあすかが身構えると、彼女は顔をますます歪《ゆが》めた。

「逃げるの？　しらばっくれるつもりなの!?」

「……えっと」

わけのわからない罵倒《ばとう》に、あすかは口ごもる。

（これ、どういう状況？）

磯崎はどうやらかなり怒っているらしい。それはわかったが、どうして自分に怒りを向けられているのか理解できなかった。

「あの六州会の会長がわざわざ大学まで迎えに来たり、バイト先まで送ったりしてるじゃない」

「……え？」

（なんで知ってるの――？）

告げられた言葉はどれも正しい。もしや自分のあずかり知らぬところで磯崎と同じように噂になっているのかと、あすかは焦る。

あすか自身は目立たない一学生であるが、長門は目立ちすぎる男だ。乗っている車はいかにもな黒の高級車で、停まっているだけでも注目される。さすがに長門本人が車外に出てあすかを待つようなことはしないが、いつどこで目撃されているかわかったものじゃない。

ゆえにあすかが尋ねようとするも、磯崎が勢いよく話し出したので口を挟む余地がなかった。

「この前はバイトが終わったところで迎えに来てもらってたわね。それでも認めないの」

まるで見ていたかのような口調に、ぞっと背筋が寒くなった。知られて困るような場面でもないが、違和感を覚えた。脳内で警鐘《けいしょう》が鳴っている気がする。あすかの額《ひたい》に冷たい汗が浮き出た。

「……なんでそんなことを知ってるんですか。なんであなたが、そんなことを……」

最近悩まされていた視線の主は、まさか磯崎なのだろうか。

確認するのは簡単だ。ここで直接問いただせばいい。はぐらかされる可能性もあるが、反応を見ることはできる。

でも確認するのは少し怖かった。肯定されたらと思うと、つい躊躇《ちゅうちょ》してしまう。

（……どうしたらいい？）

戸惑いと混乱で唇がかさつく。

しばらく磯崎は無表情で見つめてきたが、突然顔が歪《ゆが》んだ。

「どうしてあなたなの……」

磯崎の声は絞り出すように頼りなくて、これが芝居なのか、もしくはなにかを企《たくら》んでいるのか判断がつかない。ただ、先ほどまでの強気な口調は一転し、声もか細く震えていた。

「……なんのことですか」

「ねえ。私とあなたの、なにが違うの」

問われた真意が掴めず、あすかは内心、小首を傾《かし》げた。

「どうして私ばかりがこんなつらい目に遭《あ》うの？　私がなにをしたっていうの……？」

磯崎は問いを続けるが、その視界はあすかをぼんやりと映すのみだ。彼女はそのまま階段を一段下りた。

「どうして私じゃないの？　どうして……。なぜあなたは幸せなの？」

「……幸せ？」

そうしてまた一段下り、あすかとの距離を詰めてくる。

「一緒にいるのはヤクザでしょ？　ヤクザと一緒にいるのに、なんであなたは笑っていられるの？」

（……この人、本当にあの磯崎さん……？）

目を疑う。高圧的な態度とは正反対の、壊れそうな人形みたいだ。

磯崎の問いかけはまだまだ終わらない。

「なぜあの人はヤクザなのに、あなたを大切にするの？　どうして私は大切にされないの？　ひどいことされるの？　なにもしてないのに殴られるの？　どうして身体を売らなきゃいけないの？　どうして？」

　彼女はじりじりと近づき、ついには手を伸ばせば届く距離まで迫ってきた。

「……それって」

　あすかは言いかけて、はっと口を噤《つぐ》む。

　磯崎の片目から透明な雫《しずく》がこぼれ落ちたからだ。それは彼女の頬を伝って落下し、床に吸い込まれる。あすかはただそれを、目で追った。

「私、なにも文句言わなかったじゃない。嫌われたくなくて、ずっと好きでいてもらいたくて……。ほかに女がいても、浮気されても、暴力を振るわれても、一度だって文句を言わなかった。なのにどうして大切にしてくれないの？　どうして幸せにしてくれないの？　私だって幸せになりたいのに、どうしてあなただけが楽しそうなの？　どうして私じゃいけないの？」

　磯崎の悲痛な叫びは金切《かなき》り声の類《たぐ》いではなく、吐息のようなものだ。意識していなければ聞き逃《のが》してしまうほど弱い。けれど、ひどく胸を締めつける痛みを伴《ともな》っていた。

　彼女はあのチンピラふうの恋人のことを言っているのだろう。そして、訴《うった》えかけている。

「あなたとどこが違うっていうの……？　同じじゃない……違いなんてほとんどない

じゃない」

——それなのに、なぜあなたと私はこんなに違うの？

そこには雑巾《ぞうきん》のように身も心もぼろぼろになって打ち捨てられた女の姿があるだけだ。

あすかは、なんと声をかけていいのかわからなかった。ただ伝わってくる傷の深さに心臓を掴まれたような心地になり、めまいに襲われる。

（……なにを言ったらいいんだろう）

逡巡《しゅんじゅん》していると、磯崎は本当に悔しそうに唇を結んだ。

「ずるいよ……あなたばかり……ずるい」

「……ずるい……？」

唐突に突きつけられた憧憬《どうけい》は、あまりにも理不尽なものだ。それでも文句をぶつけることができなかった。

あすかは混乱をひとまず抑えようと、深呼吸をする。

そのとき、視界の端《はし》に白いなにかが入り込んだ。

（なんだろう……あ、手だ）

磯崎の手が自分に近づいてくる。わかっていたのに、あすかはなぜか動けなかった。

自分に彼女の手が触れようとした、その瞬間——

「どいてください」

突然二人のあいだに清掃員の男が割り込んだ。

「……っ」

動揺で固まった磯崎に向かって、清掃員は遠慮なく言う。

「掃《は》けないので、どいてもらえますか」

そこなんです、と顎《あご》で示されたのは、あすかと磯崎のあいだにある階段だ。

あすかははっと我に返り、一歩下がった。

「あ、すみません」

「——いえ」

しかしそんなあすかに向かって、再び磯崎の手が伸びる。しかしまたも清掃員が防いだ。

「邪魔なんで下がってください」

あすかに向けたものとは明らかに異なる低い声。磯崎だけでなくあすかも驚いたが、清掃員は自分にだけ会釈《えしゃく》し、さっさとほうきで清掃を始める。

彼はまるで、あすかを磯崎から遠ざけようとしてくれているかのようだ。

しばし呆然としたあと、あすかは慌てて階段を下りていく。背後から引き留《と》めるような声が聞こえた気がしたが、途中で振り返っても磯崎と清掃員の足元しか見えなかった。追ってくる気配もなかったため、その場から離れる。

カフェテラスに戻ったら、友人たちが手を振って迎えてくれた。

「遅かったね」

「あー、ちょっと」

軽く笑って濁《にご》したそのとき、友人はあすかの手に教科書があることに気がつく。

「よかったじゃん。教科書あったみたいだね」

「う、うん」

「そういえばさっきから何度もスマホ鳴ってたよ」

「え？　あ、本当だ」

置きっぱなしだったリュックの中に入れておいたスマホを取り出すと、着信履歴にずらりと長門の名前が並んでいた。しかも間隔を空《あ》けずに、何度もかかってきている。

（うわ、すごい着信履歴の数。なにか用事でもあったのかな）

そう思っていると手にしていたスマホが鳴り出した。慌てて耳に当てる。

「もしもしっ」

『あすかか。今どこだ』

「どこって大学だけど」

『迎えを寄越した。すぐに帰る準備をして出てこられるか』

「え、今すぐ？」

『ああ、そうだ』

有無を言わさぬ迫力を感じ、あすかはうなずいた。

「わ、わかった」

首を傾《かし》げながら、とりあえず言われたとおりにする。荷物をまとめると、友人たちに急用ができたから帰ると伝え、カフェテラスを後にした。

広い構内を早足で抜けて大学の門を出ると、いつもの場所に見慣れた車が停まっていた。近づくと後部座席のドアが開く。中には長門がいた。

「リュージさんっ？　どうしているの？」

『迎えを寄越した』などと言うから、てっきり佐賀里や浦部が迎えに来てくれたものだとばかり思っていたのだ。

「話はあとだ。まず車に乗れ」

「あ、うん」

いつになく強引な長門を不思議に思いながらも素直に従った。

車が動き出してすぐ、長門はあすかを抱き寄せてくる。

「わあ！　な、なにいきなり」

「なにもされなかったか」

その言葉はあまりにもタイミングがよすぎて、磯崎のことを言っているとしか思えない。

「え……なんで知ってるの」

あすかの問いには答えがなかった。その代わりに、どこにも傷がないか長門の手で確認される。

髪を撫《な》でられ、額《ひたい》にかかる前髪を掻き上げられ、頬を手のひらで包まれる。さらには服の上から両腕をさすられたりもした。

「ちょ、リュージさん。くすぐったいよ」

逃げようともがくが、離してくれる気はないらしい。指先まで丹念に調べて、長門はやっと納得したようだ。

すると今度は、あすかの身体をぐっと引いて、彼の膝の上に横たわらせる。

「わっ」

あすかは驚いて起き上がろうとするが、長門の手がそれを許してくれない。

「疲れたろ。少し寝てろ」

「寝るって……ここで？」

（……これ、膝枕だよね）

しかもいきなり寝ろと言われて、そうそう寝られるものじゃない。疲れよりも、この体勢への緊張で身体が強張《こわば》ってしまう。

無理だと訴《うった》えてみるも、長門は聞いてくれない。あすかはとりあえず、そのままでいることにした。

「……どこ向かってるの」

「秘密だ」

おとなしくしていると長門の手で梳《す》くように頭を撫《な》でられる。決して寝不足だったわけではないのに、眠気を誘われた。そのうち、うつらうつらとし始め、気がつけばあすかは、小さな寝息を立てていたのである。


次に目を覚ますと、そこは車中ではなかった。見知らぬ部屋のソファーの上で、あすかはあんぐりと口を開けた。

「……なにこれ」

「なにって？」

「超豪邸レベルじゃん！」

間抜《まぬ》け面《づら》から一転、噛みつく勢いで突っ込んでいた。

「おーおー、予想どおりの反応だなあ」

「リュージさん！」

あすかの反応に長門はにやにやとほくそ笑んだ。

ここは長門の暮らすマンションだという。事前に高級マンションだと聞いていたのである程度の想像をしていたが、それを大きく裏切ってきた。

なんと、高層マンションの最上階がまるまる長門のものだったのだ。リビングだという部屋は広々としており、天井もかなり高い。これは『高級』で片づけられる代物《しろもの》ではないだろう。感動するどころか、悪態《あくたい》をついてしまった。

「こんなにすごいとは聞いてないよっ！　うそつきめえ……」

「誰もうそはついてないだろ？　あすかの予想が外れただけだ」

「う……そうだけど……。はっ、もしかして！」

「ん、なんだ」

「前に言ってたじゃん！　リュージさんの部屋に、あたしに買ってくれた服を置いてやるって……まさかここのことじゃないよね？」

こんな豪邸級の部屋に自分のものがあると思うと、落ち着かないにもほどがある。

「そうに決まってるだろ」

「うそー……」

「うそなわけあるか。ほら、なんなら自分の目で確認するか？」

「へっ？」

長門はそう言うと、とある一室にあすかを案内する。その部屋のクローゼットには、女物の洋服やら靴やらが整然と並べられていた。服に疎《うと》い彼女でも、どれも質のよい、おしゃれなものばかりだとわかる。

明らかに長門のものではないそれらを前に、あすかは妙な疑問を抱《いだ》いた。

「……これ、誰の？」

不貞腐《ふてくさ》れたようにぶすっと唇を尖《とが》らせると、「はあ？」と間《ま》の抜けた声が返ってくる。

「あすかのに決まってるだろ。ほかに誰がいると思ってるんだ」

「え、あたしの？　これ全部？」

心底驚くあすかに、長門こそ不機嫌な顔になった。

「当然だろ。まさかほかの女のものだと勘違いしたのか」

（……なんでばれてる……）

しかし、以前買ってもらったものはあすかのアパートに持ち帰ったのだ。あれ以降、ショッピングに行っていない。まさか長門が知らないあいだにあすかの服を買っていたとは思わなかったのだ。

（い、いつの間《ま》に……）

「だってここ、リュージさんのマンションでしょ？　……なんで女物の服や靴があるのかなあって、不思議になるじゃん。前にリュージさんに買ってもらってから買い物をしてないし、ほかの人のものだと思うって。もしかして、誰か女の人と住んでるのかもって……！」

勝手に思い違いをして長門を疑ったのはあすかなのだが、すでに悪いと思う気持ちはない。

「誰がそんなことするか、こら」

「でもリュージさんならありえそう……」

紛れもなく本心がもれた。

手馴《てな》れた大人の男には、一緒に暮らす女性がいてもさほど不思議ではない。たとえ結婚していなくとも、関係のある女のひとりや二人いてもおかしくないだろう。

「ちょっと待て。聞き捨てならねえなあ。おまえいったい、俺をどんな男だと思ってやがる」

「えー？　うーん、どうってそりゃあ、気に入った女の人に手当たり次第手を出す、とか」

あすかがヤクザの男のイメージを話すと、長門は顔をしかめる。

「おい」

「誘われて好みだったら、相手が人妻だろうと仮に恋人がいようと関係ない、とか」

「こら」

「だってリュージさん、いかにも遊んでましたーって感じだもん」

目の前の服や靴がほかの女性のものでなかったことは内心ほっとしているが、思わぬ反撃を受けたほうとしては黙っていられない。

「あすかと出会ってからはほかの女に手なんか出してねえよ」

「あ、じゃあ、あたしと会う前はあったんだ」

ぽろっとこぼした言葉はどうやら事実だったみたいだ。

「……おい」

長門は長いため息をひとつ吐いたのち、がりがりと頭を掻いた。

「……たしかにあすかが想像するとおり、前はそれなりに遊んでいた。だが、もう過去の話だ。おまえと会ってからは一度だって手を出してねえぞ」

「ふうん、そうなんだ」

長門と一緒にいれば自然とわかることだ。

一際目を引く容貌《ようぼう》と、黙っていても滲《にじ》み出る人の上に立つ者としての威厳、そして存在感。それなのに口を開けば人懐《ひとなつ》っこくて親しみやすい。そういう男を周りの女性が放っておくわけがないはず。

また、長門自身、女性を軽くあしらうようなタイプではない。きっと多くの女性と遊んできたのだろう。女性に慣れているからこそ、あすかのような相手にも対応できるのだと思う。

自分と違い、すでに大人なのだ。

頭ではわかっていたはずなのに、いざ肯定されると腹のあたりがむずむずする。

（……なんか、やな気分だなー）

「なあ、あすか。覚えてるだろ。俺がおまえに好きだと言ったこと」

「な、なに言い出すんだよ、いきなりっ」

唐突な話題に動揺して、あすかの鼓動が飛び跳ねた。

「なんで今、そんな話……」

「好きな女がいるのに、ほかの女で代用するわけがねえだろ。それとも俺はおまえを裏切るような真似を平気ですると思ってるのか」

堂々と言われて、あすかは黙り込む。

「たしかに褒められるような行《おこな》いはしてきてねえけどな。分別くらいはついてる。それに今まで遊んできた女は、好きになったんじゃなく適当に選んだ相手だ。本気で好きになったのはおまえだけだぞ」

長門はまっすぐな瞳であすかに告げる。しかしあまりのことに彼女は頭を横に振った。

「……うそだあ」

「うそじゃねえって。こんなにほしいと思うのはあすかだけだ」

「ほほほ、ほしいって……」

直接的な言葉にしどろもどろになってしまう。

「無理やりにでも抱きたいくらいだが、それじゃあおまえが傷つくのは目に見えてるからな。あすかに嫌われるのも避《さ》けたい。この歳になってみっともないって笑うか？　そうまでしても、おまえを大切にしたいんだ。俺の言葉を信じろよ」

「……う」

あすかの頬が熱を帯びた。鏡を見なくてもわかる。きっと赤くなっていることだろう。

「それになにを勘違いしてるのか知らねえが、そもそもこのマンションに女を入れたことはないぞ」

「そうなのっ？　……意外」

てっきり、女性を連れ込んでいるものだと思っていた。

「あすかが初めてだ。つまり初めての女だな」

意味深な言葉に、あすかの顔が火照《ほて》る。

「……っ、な、なに変なことを言ってるの」

「なんだ、照れてんのかあ？」

「照れてないよ！」

赤くなった頬で否定しても、信憑性《しんぴょうせい》はないだろう。

「照れるなって」

「だーかーらー、照れてないって！」

（もう、いやだ……！　恥ずかしい……っ）

いたたまれなかった。あすかは居心地が悪く、部屋を出て行こうとする。

その腕を長門が掴んで、引き留《と》めてきた。

「妬《や》いたんだろ」

「はあ？」

「さっき言ってたよな。この部屋にほかの女が住んでるかもしれないと疑ったって。つまり、架空の女に妬《や》いたんだ、おまえは。そうだろ？　白状しろよ」

（……妬《や》いた？　嫉妬《しっと》したってこと？）

沈黙こそ最大の肯定だ。そうだと白状するのは気が引けるし、かといって否定するのも今さらのような気がする。

「ちゃんと説明しとくぞ。いいか、この部屋はあすかに用意したものだ。あすかがいつでも住めるようにな」

「……はい？」

話が飛躍しすぎていて、やや反応が遅れた。

「あたし、自分のアパートがあるよ？」

「知ってる」

「だよね。知ってるよね。だっていつも送ってくれるもんね」

確認するように言葉を繋げていく。

「じゃあ、なんで？　たしかにクローゼットは貸してくれるって言ってたけどさ、部屋までなんて聞いてないよ」

頭がぐちゃぐちゃになってくる。整理できない。

「あたし、部屋なんて要《い》らないんだけど……」

ぽろりとこぼれたのは本音だった。しかしそれに構わず、長門は堂々と言い切る。

「あすかと離れていたくないからだ。それ以外に答えはねえだろ」

「……なにそれ。子どもみたい」

「子どもか。初めて言われたなあ」

さすがに十五も年下の女に子どものようだと言われるとは、予想してなかっただろう。長門は口元を緩ませる。

「なあ、あすか。そろそろ答えは出ただろ？　いい加減答えてくれると嬉しいんだがな」

前触れもなく振られた話題。

途端に、あすかは眉間にしわを寄せた。『答え』とは、長門の告白に対する答えだろう。いつかは迫られると思っていたが、ずっと避《さ》け続けていた。それで許されるわけがないとわかっていても、できるなら答えを出さずにこんな関係を続けたかったのだ。

ろくに恋愛経験がないあすかでもわかる。あと一歩、この橋を渡ってしまったら、もう後戻りはできないことを。

「……なんのこと」

とりあえず以前と同じくとぼけてみたが、容易《たやす》くかわされた。

「しらばっくれるな。俺にしてはずいぶん待ったと思うぞ。あすかのいやがることはせず、あすかの中ではっきりとした答えが出るまで、いくらでも待ってやろうという配慮まであったんだ。知ってるか」

しゃあしゃあと自分で『配慮』と言うなんて、長門は図太い神経をしていると感心する。

「……本当かなあ、それ」

信じられなくて胡乱《うろん》げに見上げると、彼は心外だとばかりに眉根を寄せた。そんな表情もよく似合う。

「信じてねえのか」

「……だって実際この前、手え出したじゃん」

「それについては仲直りしただろ」

しれっとした長門に、あすかは噛みつく。

「したけども！　仲直りしても、リュージさんが手を出したことは変わらないでしょっ！」

「……頑固者め」

「え、わ、ちょ」

いきなり背後から抱きすくめられて逃げ場を失った。

「は、離してよー」

背中にじわりと長門の熱が伝わる。それに反応して、あすかの身体の熱が上昇した。

「離してってば」

こんなに密着していると、緊張が伝わってしまいそうで焦る。できるならもっと平静を装《よそお》いたかったけれど、長門の前では無理な話だった。

「あすか」

「……ふあ……っ」

いきなり耳の裏を舐められ、低く甘い声で囁《ささや》かれる。とても大事な言葉を紡《つむ》ぐように呼ばれた自分の名前に、心臓の鼓動が反応した。

「……っ、リュージさ、……っ」

上擦《うわず》った声がもれ、慌てて口を押さえたがもう遅い。

骨が軋《きし》むほどの強い力で抱きしめられ、息が止まる。あすかが固まった隙に、長門は彼女の耳たぶをぱくりと食《は》んだ。

「ひえっ」

濡れた感触と驚きで、あすかは情けない悲鳴をあげる。しかし長門はそれに構わず耳をしゃぶり、甘噛みした。

あすかの全身はぞくぞくと粟立《あわだ》つ。唇を噛んでどうにか声をもらさないようにするのが精いっぱいだ。

「……っ」

「好きだぞ、あすか」

甘い声でそんなことを言うのは、ずるい。あすかはたまらず話題を変えようとした。

「──あああ、あのさ！　さ、さっき車の中で教えてくれなかったけど、なんで今日のこと知ってたのっ？」

しかし長門に聞いてくれる気配はない。ちゅ、と軽く音を立てて首筋を啄《ついば》まれ、あすかはさらに追いつめられる。

「い、磯崎さんのこと……っ！」

「好きだ。今すぐおまえを抱きたい」

長門はあすかの問いかけをまるっと無視して、彼女の耳にぴちゃりと舌を這《は》わす。

「抱かせろよ」

命令形の囁《ささや》きにびくりと肩が跳ねた。

「……なっ！　い、や……だ……」

「本当にいやか」

そう問われて、あすかは言葉をのみ込む。

「いやなら本気で突き放せ。おまえにならそうされても構わねえよ」

切なげな響きの声色に、あすかの身体が震えた。そんな声を出されて拒めるはずがない。

「うう……」

長門は逃げ道を与えているようで、その実、選択肢を奪っている。

そうわかっていても、あすかには彼を突き放せない。

（だって、……いや、じゃ……ない、し）

「あすか」

……負けた。そもそも、初めから勝ち目などありはしなかったのだ。気がつかないふりをしていただけで、あすかはとっくに、長門に惹《ひ》かれていたのだから。

「……もっ、わかってる、くせに……！」

あすかが悔し紛れにそう詰《なじ》ると、長門は背後でくすりと笑う。その息にうなじをくすぐられて、あすかの身体はまたもぞわりと震えた。

「わ、わらうな……！」

「なあ、あすか。俺のことが好きだろ」

「……知らないっ」

「好きだって言えよ」

「言わ、ない……っ」

「言ってくれ。あすか、おまえの口から聞きたい」

追い詰められ、あすかはぐっと息をのみ込む。

「あーすか」

きっと長門がこんなふうに軽い調子なのは、心遣《こころづか》いからだろう。がちがちに緊張しているあすかをリラックスさせようとしているに違いない。

そして、あすかにその言葉を言わせようと誘導しているのだ。

そう改めて思い——あすかはもう、素直になってもいいかという気分になった。

「……き、に……きまってる」

小さな声でつぶやくと、長門が訊《き》き返してくる。

「ん？　なんだ」

あすかの声は長門に届いていたと思う。だってこんなにも密着しているのだから、聞こえないほうがおかしい。長門は意地悪をしているのだ。

あすかはぐっと奥歯を噛みしめ、もう一度口を開いた。

「だ、だーかーらっ！　すっ、好きに、決まってるじゃん!?　好きじゃなかったら、とっくにリュージさんのこと突き飛ばしてるよ！　それくらい気づいてよ、このエロオヤジ！」

恥ずかしさから暴言を浴びせるあすか。

だが長門には効き目がなかったようだ。振り向き様《ざま》に目に入った長門の顔はやに下がっていて、こたえている様子はまったくない。

「俺も好きだぞ、あすか」

やっとほしいものが手に入ったと、長門は充足感を得た獣《けもの》のような気配を放つ。

そしてその直後、あすかは顎《あご》を掴まれた。無理やり上を向かせられ、首が痛いと抗議しようとして――あすかの唇は、長門のそれに塞がれた。

すぐさま口内に彼の舌が侵入し、くちゅりと水音が鳴った。あすかの思考が停止する。

こうやって口づけされるのは二度目だ。だが、前回とはまったく違う。

彼の熱い舌先は、たっぷりと味わうようにあすかの口内を蹂躙《じゅうりん》していく。くちゅくちゅと舌同士が触れ、吸われては再びこすり合わせられた。甘いしびれに、頭がぼんやりとする。

「ふ……っ、はあ……」

されるがままになっていたあすかは、ふと長門の舌に自《みずか》らの舌を絡ませてみた。

すると、彼はさらに口づけを深くし、あすかの奥を求めてくる。

「……ん、……っぁ」

「あすか……あすか……」

愛おしそうに囁《ささや》かれ、濡れた唇を舐め上げられた。その甘やかな感触にあすかは震えてしまう。

「あすか……好きだ」

やっと解放されたと思ったら、あすかの足腰から力が抜ける。座り込みそうになる彼女を長門が支えてくれた。彼の腕は力強くて安心できる。このまま身体をあずけても大丈夫だと思えるのだ。

――あすかの中で長門はもう、頼っていい相手になっていた。甘えることも頼ることもわがままを通すことも、あすかのすることならば、彼はなんでも受け入れてくれるだろう。懐《ふところ》の深さと惜しみない愛情を実感できるのだ。

長門の腕に包まれることがこんなにも幸せなのだと、知らなかった。もっと早くに素直になっておけばよかったとすら思う。

目を閉じてこてんと頭を長門の肩に埋《うず》めると、あすかの額《ひたい》に彼の唇が触れる。それがくすぐったくて、少し笑ってしまう。すると、まぶたにも唇が触れてきた。

「あすか」

「んー？」

目を少し開くと、すぐそばに長門の真剣な瞳があった。

「俺の恋人になってくれ」

「こいびと……？」

「そうだ」

（……あたしがリュージさんの、恋人……？）

ヤクザが気に入って囲う相手のことは、イロや情人、また愛人などと呼ぶそうだ。しかし長門はあすかを『恋人』と位置づけてくれた。

それにどんな意味が込められているのかわからないほど、子どもではない。

長門にとってあすかは本気の相手だと、教えてくれているのだろう。たとえ一般人であろうと年が離れていようと、長門の恋人として立派に胸を張れる権利を与えてくれたのである。

「恋人としてそばにいろ。めちゃくちゃ甘やかしてやるからな」

誰もが目を奪われるほどの美丈夫《びじょうふ》が、とても嬉しそうに笑っている。その目は愛しいものを見つめるように優しく細められていた。

（この表情が好きだな）

そう思った時点でだめだ、完敗だ。

「……ずるい」

「ん？」

「ずるいんだよ、リュージさんめ……」

突然告げられる文句にも、長門はただ上機嫌に顔をほころばせる。

「あすか、好きだ」

脳を麻痺《まひ》させるほど甘やかに囁《ささや》かれて、あすかは見事に陥落《かんらく》してしまったのである。

そうして、長門にもたれかかるように背中をあずけ、しばし穏やかな時間を過ごす。

しかし突然、ぐるんと視界が回り、軽々と抱き上げられた。

「わっ、リュ、リュージさん……？」

連れ込まれたのは奥にある寝室だった。薄暗い室内には広々としたベッドが置いてある。このあと自分になにが起こるのか、想像できぬあすかではない。

（……見ちゃいけないものを見た気分）

直視できなくて視線を外していると、ベッドの上に横たえられる。

長門はすぐにベッドに上がってくるので、あすかは反射的に逃げようとした。しかし、背後から抱きすくめられ、それは叶わず散る。

「あすか……」

熱に浮かされたような吐息があすかの頬や耳裏をかすめ、うなじを舐め上げられた。

「んんっ」

「ずっとこうしたかった。ずっと、おまえに触れるのを我慢してたんだ。本当に……こんなにおあずけを食らったのは、おまえが初めてだぞ」

そう悪態《あくたい》をつく長門は、狙っていた獲物を前にしてよだれを垂らす肉食獣のようだ。彼は器用にあすかの着ているシャツのボタンを外していく。

下着もあっさり取り外され素肌が晒《さら》されると、肌が粟立《あわだ》つ。熱く大きな手で巧みに胸を揉みしだかれた。胸のかたちが変わるほどの強さで揉まれたかと思えば、反対に慰撫《いぶ》するような優しさでなだめられる。唇からは自然と嬌声《きょうせい》がもれた。

「ゃ、あっ……、リュージ、さ……っ」

「……気持ちいいか」

「え？　あうっ」

ぴんと尖《とが》った先端を両方一緒に摘《つま》まれ、身体の中心に刺激が走った。それは痛みと似ているのにまったく異なる感覚で、戸惑いがあすかを襲う。

（あ、……なに、これ）

胸の淡い飾りは、じくじくと熱を持て余しているかのようだ。これが長門の言う『気持ちいい』ということだろうか。初めての感覚でよくわからない。

前に一度だけ同じように胸元をいじられたことがあったけれど、こんな感覚はなかったと思う。

あすかの反応をつぶさに観察しながらも長門は手を止めない。執拗《しつよう》なほどの愛撫《あいぶ》を施《ほどこ》し、あすかの耳たぶや耳の裏をぴちゃぴちゃとしゃぶる。

濡れた舌は次第に首筋から、背筋を辿っていく。時折、彼は思い出したように肌を甘噛みした。

噛まれたあすかはびくっと快楽に震え、前のめりに倒れそうになる。それを長門はしっかり支えてくれた。

「はっ、は……、リュー、ジ、さん……っ。リュージさ、……っ」

（こわ、いわけ、じゃないけどっ、……でも）

あすかは無意識に手を伸ばし、よすがを求める。

すると、胸を愛撫《あいぶ》していた長門の手が、あすかの手を絡め取った。もう片方の手でうつむく顎《あご》を掴まれ上を向かせられる。そして気づけば唇が重ねられていた。

薄く開いた唇の隙間からあっさりと侵入を果たした彼の舌が、あすかの口内を舐め回し、唾液をすすり取る。

「……ん、んぅ……んんっ」

散々舌を絡められ、蹂躙《じゅうりん》し尽くされて、唇が離れたころには、あすかの呼吸はかなり荒くなっていた。

「はあっ、はあ、はあ、はあ……っ」

（……く、くらくらする。……知らなかった。キスって意外と疲れる……）

あすかはぼんやりと、場にそぐわぬ感想を抱く。まだ慣れないし、目に入った彼の唇がぬらぬらと光っているのも恥ずかしい。平時なら目を逸《そ》らしていただろう。

だが熱に浮かされた今、あすかは離れていく長門の唇に誘われているような気がした。無意識のまま追いかけるように首を伸ばし、ぺろっと長門の上唇を舐める。

「……は」

長門が気の抜けた声をもらした。彼がこんな声を出すのは珍しい。

(……はは、なんかおかしいかも)

彼に翻弄《ほんろう》されてばかりのあすかが、たったひとつやり返すことができた。それがなんだか嬉しくて、へにゃりと崩れた笑みを浮かべる。

勝った――そんなことを思った次の瞬間、あすかの視界はぐるんと回っていた。

「あ、あれ……？」

「……あすか。おまえが悪い」

気づけば、ベッドに組み敷かれていた。ぐるると獣《けもの》みたいなうなり声が聞こえたかと思ったら、長門があすかの白い胸にむしゃぶりついてくる。

「ひゃあぁ……っ！」

長門は熟《う》れた突起を口に含み、舌で転がし、舌先で潰《つぶ》す。かと思えば唇でむにむにと食《は》み、ざらつく舌で舐め上げつつやわらかな肉に噛み痕《あと》を残していく。そのたびに、甘いしびれが身体に走った。

「んん……っ」

強く吸ったり噛んだりを繰り返され、ちり、と感じる熱い痛みに視線を落とすと、濡れた所有印がいくつもつけられていた。いつの間《ま》にこんなことになっていたのかと、あすかはぼんやり驚く。

(赤い痕《あと》がいっぱい……。それに……胸の先がじんじんする)

唾液でびしょびしょに濡れた肌と、長門の興奮を伝える熱く荒い息遣《いきづか》いに、ひどくいやらしい気持ちになる。

——そうだ、いやらしいのだ。

こんなにもいやらしい自分を、あすかは知らない。……長門はどう思うのだろう。考えごとをしていたことを見抜かれたのか、長門があすかの胸元から顔を上げた。しかしそのあいだも愛撫《あいぶ》は止まらない。

「あすか」

「あ、あ、リュ、ジさ……どうしよ……っ」

「どうした」

「な、んか、身体あつくておかし……っ。んく、変になる、よ……！」

せめて声を我慢しようと口に手を当てるが、いとも簡単にその手を外されてしまった。

「変になっていーんだよ」

「お、おかしく、ないっ？　……っ」

「おかしいもんか」

「ふ……っ！　ぁっ、や、やらしく、……なっても……？」

（……引いたりしない……？）

おずおずと尋ねると、長門は目をぎらりと光らせた。

「っ、大歓迎だ！」

「あんっ」

その言葉がきっかけとなり、与えられる愛撫《あいぶ》がよりいっそう激しくなる。

「もっといやらしくなれ、あすか。俺にかわいがられて淫《みだ》らに乱れるおまえを知りたい」

指の痕《あと》がつきそうなほど胸を何度も揉まれ、なぶられ、しゃぶられる。そこで得られる快感はとてつもなく大きく、あすかの身を焦《こ》がす。

「んぅっ、ん、んんっ……」

しかしなにかもどかしさを感じ、あすかは気づけば両脚をもじもじさせていた。

長門はそれに目ざとく気がつき、ジーンズの上からあすかの内ももをするりと撫《な》で上げる。その途端、彼女の下半身が小さく跳ねた。

身体が熱い。ジーンズが窮屈《きゅうくつ》に感じる。

そんな思いを読んだかのように、長門はあすかのジーンズに手をかけ、あっさりと取り去った。素肌が晒《さら》され解放感を感じるとともに、自分だけがほとんど裸で、長門は服をしっかり着ていることに気づく。なんだか恥ずかしく、理不尽に感じて、あすかは不満を訴《うった》えた。

「……リュージさんばっかり服着てて、ずるい。あたしだけ、恥ずかしいよ」

長門は自分の格好を見下ろすと、不意に思いついたように微笑んだ。

「なら、あすかが脱がせてくれるか」

「……あたしが？」

「ほら」

長門はベッドに座ると、あすかの腕を引いて彼の膝をまたがせる。

「こ、この格好でっ？」

「気にするな」

あすかはわずかに逡巡《しゅんじゅん》したものの、観念して腹を括《くく》った。羞恥心《しゅうちしん》が麻痺《まひ》してきたのかもしれない。まずはベストを脱がせ、次にネクタイを外そうと両手を伸ばした。

けれどあすかは今までネクタイを締めた経験がなく、外すのに手間取ってしまう。そのせいで先ほどまで散々かわいがられた痕跡《こんせき》の残る胸が彼の目の前で揺れていることにも、長門の欲望を孕《はら》んだ双眸《そうぼう》にも気がつかない。

上手くできずに四苦八苦していると、長門はあすかに悪戯《いたずら》を仕掛け始めた。彼女の腰から背中を撫《な》で上げたり、やわやわと尻を揉んだりしてくる。

「っもう、じっとしてて！」

「はいはい」

注意すると一旦はやめてくれたが、しばらくして彼の手はまた不埒《ふらち》に動き回る。そのせいもあって、ネクタイを外すまでにずいぶん時間がかかってしまった。

「やっと外れた……っ」

（ネクタイを外すだけなのにこんなに疲れるなんて……）

「お疲れさん」

「シャツも脱がすよ」

そう言いながらシャツのボタンをすべて外すと、現れたのは惚《ほ》れ惚《ぼ》れするほど鍛《きた》え上げられた上半身だった。

「……すご」

服の上からでも鍛《きた》えているのは察していたけれど、まさかこれほどまでとは。感嘆の声がこぼれる。

無駄な贅肉《ぜいにく》などないたくましい胸板は、うっとりするほど魅力《みりょく》的だ。あすかは吸い寄せられるように、彼の胸に頬を埋《うず》めた。

「……硬いけど、あったかい」

広い胸は安心する。いつも布越しに感じていた安心感は、直接だともっと大きい。人肌の心地よさと、それを与えてくれるのが長門だという喜びに、あすかはつい目の前の肌に唇を寄せる。

ちゅっと音を立てた瞬間、なぜか長門が固まった。

「リュージさん……？」

うかがうように名前を呼ぶが、返事はない。その代わりに、彼は火傷《やけど》しそうなほど熱い呼気を吐き出し、焼けつくような眼差《まなざ》しで射貫《いぬ》いてくる。

「……っ」

あすかは息をのんだ。食いつかれそうなほど、長門の双眸《そうぼう》は情欲に濡れている。

あすかが照れくさくなって視線を逸《そ》らしたそのとき――強烈な快楽に襲われた。

「ああ……！　やだ、そんなとこ……っ」

長門の指があすかの下着の中心をなぞるように触れたのだ。そこを刺激され、今までとはまた違う快感に震える。

「……濡れてるな」

長門のつぶやきには、喜色が滲《にじ》んでいた。しかしその言葉に、あすかは理解が及ばない。

（濡れるってなに……!?　なんでそんなところが濡れるの……!?）

叫びそうになる一歩手前のところで、安堵《あんど》にも似た長門の声を聞いた。

「ちゃんと感じられたんだな」

「……え」

あすかがぽかんとすると、彼はやわらかな笑みを向けてきた。

「ん？　ああ、安心しろ。女は気持ちよくなると自然と濡れるものだ」

（そう……なんだ……）

あすかはほっと息をつく。

そこで長門は布地越しに中心へ向かって指を軽く埋《うず》めた。なんとも言えない感覚に言葉が詰まる。

（な、なんか、なんだろ……。そう、……物足りない？）

じれったいというか、もっと直接的な刺激がほしいというか。身体の奥が、力強く激しい刺激を求めているような気がする。

そんなふうに思う自分に戸惑っていると、長門の指が下着をずらして直接そこに触れた。中に熱い指を挿《さ》し込まれ、身体に電流のようなしびれが走る。

「や、ぁん！」

思った以上に甲高《かんだか》い声が出て慌てて口を両手で押さえた。

しかし長門はその反応に気をよくし、あすかの両手を口から引きはがす。

「痛くないな？　ならここからだ」

そう言うと、彼は愉《たの》しげに目を細めたのだ。

「ぁ、……あん、リュー、ジさ……っ、んんっ」

ぴちゃり、ぴちゃ、くちゅ。

先ほどからひっきりなしに淫《みだ》らな水音が響いている。

「……っゃ、あ、……んく、んぁ……」

長門に押し倒されてからどのくらいの時間が経ったのだろう。彼は大きく開かれたあすかの脚のあいだに居座り、下腹部に頭を埋《うず》めていた。

ぷっくりと赤く熟《う》れた芽を、長門の舌先で押し潰《つぶ》される。丹念に舐め上げられてますます硬くなるそこに、彼は何度も口づけを落とした。

そうしてあやしつつ、しとどに濡れる蜜壺《みつつぼ》を舐め回す。あとからあとから溢《あふ》れるように垂れてくる愛液を舐め取りながら、時折抉《えぐ》るように舌を中に挿《さ》し込んできた。

——あすかは処女だから、少しずつ慣らしていく必要があるな。

長門がそんなことをのたまったのは、もうずいぶん前のことだった。それからあすかの中を慣らすために、彼は愛撫《あいぶ》を繰り返している……はずだ。

舌の動きは丁寧で、あすかの痛みを和《やわ》らげるために、時間をかけて慎重に慣らそうとしてくれる。執拗《しつよう》な愛撫《あいぶ》だが、すべて気遣《きづか》いだと思えばなんとか我慢できた。

けれど、もう、いいのではないか。

愛撫《あいぶ》の末、ぐずぐずとなった蜜壺《みつつぼ》から愛液が溢《あふ》れ出て、長門の唾液と混じり合った。それらが後孔や尻の下のシーツまで伝い、かなり濡れている。

先ほどから何度も『もういいよ』『充分だよ』と訴《うった》えるのに、長門は一向にやめてくれない。

そのとき、あすかの中から生ぬるい舌がずるりと抜け出た。その代わりとばかりに、節《ふし》くれ立った指が侵入してくる。

「ああっ」

散々舌でいじられてきたそこは、愛液のぬめりも手伝ってあっさりと指をのみ込んだ。

「わかるか、あすか。一本目だ」

内側でくいっと指を曲げられて、存在を主張される。うんうんとうなずくと、次いで二本目を挿入された。

「二本目。どうだ、きついか」

内部に感じる質量がぐっと増し、圧迫感を覚える。しかし二本の指でぐちゅぐちゅと掻き混ぜられたら、そんな違和感はすぐに消えた。

なにより掻き回されるたびに、じわじわとよくわからない感覚が広がる。この感覚はなんだろう。脚がもじもじする。

目を閉じてやり過ごそうとしたが、視界を遮《さえぎ》ったせいで、内部にある指をはっきりと意識してしまう。ぎゅっと身体のどこかが締まった気がした瞬間、ふっと長門が笑った。

「気持ちいいか」

「……わっ……かんない、……っ」

「じゃあこれは？」

「んんんーっ！」

突然、指が三本に増え、一気に圧迫感が増した。痛みはないもののさすがに苦しい。

「……っは、はふ、ふう、ふう……」

なんとか息を吐いてやり過ごす。

（あんなところに三本も指が……人間の身体って不思議……）

それでもふと不安になる。本当に長門のものを受け入れることができるのだろうか、と。

（……さ、裂けたりしないかな）

そんな心境で瞳が揺れていたのか、長門が顔を近づけてきた。

「どうした、痛いか」

「ん……っ、ううん。そうじゃなくてね、えっと……」

どう言おうか迷った。ここで正直に『リュージさんを受け入れられるかわからない』なんて言える度胸はさすがにない。かといって、やってみて裂けたりしたらと思うと、もっと怖かった。

（どうしよう）

うろうろと視線をさ迷わせた結果、ふと、その一点に目が留《と》まる。布越しでもわかる長門の雄の象徴に。

あすかの視線の先に気がついた長門は、ああとうなずく。そしておもむろにあすかの手を取り、自分の猛《たけ》った部分に導いた。

（……お、おっきい）

布越しでも、凶暴なまでに猛《たけ》った逸物が熱を伴《ともな》って布地を押し上げていることがわかる。

（それに、あつい）

直接触っているわけでもないのに、どくどくと脈打つのが感じられて、驚く。

（な、なんか、生きてるみたい）

しばらく固まっていると、長門がぽりぽりと頭を掻いた。

「……あーすか」

「……え」

ぼんやりとしたまま顔を上げれば、苦笑を浮かべる長門と目が合った。

「そろそろ離してくれると助かるな。……あんまり触られると、我慢ができねえから」

「え……あ、あ！　ごめん……っ！」

慌てて離したがどことなく居心地が悪い。

（……つい離すの忘れてたとか、恥ずかしい）

あすかはいたたまれなくなって、顔を背《そむ》けた。すると突然、中で指を動かされる。

「……っ、ぁあん……っ！」

「こっちを忘れるなよ～」

長門の指はあすかの内側を掻き混ぜたり、ばらばらに動いたりして中を広げようとする。その動きにあすかの腰が震えた。

「……っう、……ふっ」

気づけば、自然と腰が動き出していた。わけがわからないながらもその様《さま》は淫《みだ》らで、あすかは混乱する。さらには奥から今まで以上の快感が押し寄せてきた。

（なん、で。どうして……！）

自分の身体がまったく思いどおりに動かない。あすかはとっさに長門に助けを求めた。

「リュ、リュージさん……っ！　やだ、どうしよ、助けて……！　ゃ……んん、やだー……っ」

そう抵抗するあいだに、今度は脚までがくがく震えてきた。どうしよう、怖い。

（助けて……リュージさん、助けて――……！）

長門の腕に縋《すが》ると、彼は身体を屈《かが》めてあすかの耳元で囁《ささや》いた。

「――達《い》け」

甘やかで淫靡《いんび》な低い声。その途端、あすかの身体がびくんびくんと跳ねる。

「や、あ、ああああ――！」

喉《のど》の奥から声がもれ出るとすぐに、身体がどっと弛緩《しかん》し、全身から汗がふき出た。目の前がちかちか明滅《めいめつ》する。耳元で心臓が鳴っているみたいに鼓動がうるさい。

「はっ、はっ」と何度も息を吐き出す。そうしてしばらく経てば、やっと落ち着きを取り戻してきた。

「んう……っ」

ずるっと内部から指が抜かれた感触に声を詰まらせる。息を吐いて顔を上げた直後、視界に飛び込んできた長門の行動に言葉を失った。

（……な……）

彼の手のひらはあすかの蜜のせいで滴《したた》るほど濡れている。それをあろうことか口元に運び、舐め取っているではないか。まるで蜜がこぼれ落ちるのが惜しいとばかりに自身の手首を舐め上げている光景は、とても淫靡《いんび》だ。なのに目が離せない。

（……うそ）

満足するまで舐め尽くした男は、呆《ほう》けたあすかに妖艶《ようえん》な笑みを向けた。そしておもむろにベルトを外し、己《おのれ》の怒張を取り出す。それは天を仰《あお》ぐほど凶暴に反《そ》り返っており、あすかは衝撃のあまり目が釘《くぎ》づけとなった。

（……こ、れが、あたしの中に……？　む、無理でしょ絶対）

背筋が寒くなるが、長門に止まってくれる気配はない。彼は手早く避妊具を装着すると、あすかの脚を限界まで広げた。

そうして、散々ほぐされ蜜でぐずぐずに溶けたそこに、火傷《やけど》するほど熱い先端を押しつける。数回こすりつけられたあと、切っ先がぐぷっとのみ込まれる音がしたと思ったら、大きな楔《くさび》が肉を掻き分けるように打ち込まれた。

「あ、あ、はいって……挿入《はい》ってくる……っ」

「っ、挿入《い》れてるからな」

「あ、あ、っあ、あー……」

長門がたくさんほぐしてくれたおかげで、痛みはほとんどない。

だが、奥に進んだ灼熱《しゃくねつ》がぶつっとなにかを突き抜けた瞬間、声にならない痛みが身体の真ん中を貫いた。

「いっ……！」

歯を食い縛ると、長門は労《いたわ》るような声音《こわね》で囁《ささや》く。

「あすか、もう少し耐えてくれ」

充分にほぐされていたとしても、その質量は巨大で中を押し進むのも容易ではない。時間をかけてやっと根元までおさまったときには、あすかはすでに疲労困憊《こんぱい》だった。

初めてのことにいろいろな感情がない交ぜとなり、あすかは気づけばぼろぼろ涙をこぼしていた。

「あすか。痛いよな……」

頬を流れ落ちる雫《しずく》を舐め取りながら、長門があすかの顔中に唇を落としてくる。その優しさとは対照的に、腹におさまったままの逸物はぱんぱんに膨《ふく》れている。

ふうふうと呼吸を整えるあすかを労《いたわ》るように、長門はそっと彼女の腹を撫《な》でた。

（……こ……ここに、リュージさん、が……）

改めて意識すると、内壁がきゅうと収縮した気がする。破瓜《はか》の痛みはあるけれど、我慢できないほどじゃない。

「……っう、リュージさん」

「ん？」

「……ぎゅってして」

離れるのは怖い。長門の体温を感じていたい。

あすかのおねだりに彼は喜色満面になり、上半身を傾けてくる。それにより体内に埋まる彼の分身が動き、結合部がぐちょりといやらしい音を立てた。

の心拍数は上がる。

長門が緩く腰を上下すると、ぐちゅぐちゅと音が響く。恥ずかしいはずなのにあすか

「んん……！」

「やーらしいなあ」

「はぅ……っ！」

「うあ……っ、やぁ……、んん！」

何度かの抽挿《ちゅうそう》のあと、彼は希望どおりあすかを抱きしめてくれた。そして唇を合わせ、口内に舌を挿《さ》し入れてくる。

舌がぐるりと一周し出ていき——いきなり腰を掴まれたと思えば、がくがくと揺さぶられた。

「ああ!?　あうっあぁん……！」

脳が揺れるほどの衝撃とはこういうことをいうのか。受け入れただけできちぎちだったそこは張り詰めた肉棒が抽挿《ちゅうそう》を繰り返すたび、ぐっちゅぐっちゅと淫《みだ》らな音をもらす。内側を絶え間《たま》なくこすり上げられると、違和感も消え去った。その代わり腰が砕けそうな感覚に思考を支配され、口からは淫声《いんせい》がこぼれてしまう。

「リュー、ジ、さ……！　なにこれ、ゃあ……っ！　あ、あ、む、むずむずする、のお……！あんっ」

「気持ちいい、だ」

「き、もち、……ぃ……っ?」

「そうだ。……っ、それは気持ちいいっつーんだ」

「……んあ、あっ、きも、ち……ぃ。はぅ、やっ、きもちぃー……よっ」

言葉にすると、ぼやけていた輪郭がはっきりしてきた。そして素直に快楽を拾っていく。

(……きもちいい……きもちいい……!)

全身を駆け上がる快感に、自然と唇が笑みのかたちを作った。

「……っ……、達《い》くぞあすかっ」

「や、あ」

抽挿《ちゅうそう》のたびに蜜が溢《あふ》れ、ぬるぬると秘所を濡らす。愛液に塗《まみ》れた花芯《かしん》に長門が触れ、ぱんぱんに膨《ふく》らんだそこをぐりっと潰《つぶ》された。

「っやぁ、きゃあああぁ——……!」

その瞬間、悲鳴のような嬌声《きょうせい》とともにあすかは快楽を極めた。

すると長門は先端が抜けるぎりぎりまで腰を引き、一気に奥に叩きつける。最奥に切っ先が辿り着くと、防具の中へ熱い飛沫《しぶき》をぶちまけた。

「く……っ」

「あ、あ、あっ、あー……」

達《い》ったばかりでびくびくと蠕動《ぜんどう》するあすかの内部は、防具越しでも最後の一滴まで搾《しぼ》り取ろうとする。

あすかは荒い呼吸を繰り返しながら、しばし目を閉じ、呆然としていた。

なにもかも初めてで、一連の出来事はまるで夢のよう。それなのに、未だ体内におさまったままの長門自身も、達《い》った余韻で震える脚も、ほとんど感覚のない下腹部も、そのどれもが現実だった。

呆《ほう》けるあすかを心配し、長門が声をかけてくる。

「……あすか、おーいあすか」

声は聞こえているが、答える力がない。

「意識あるか」

「んっ……ぁ、ある……」

軽く腰を押しつけられ、あすかの口から甘い声がもれた。長門はほっと息をつき、あすかの頭を撫《な》でてくる。

「身体は平気か」

「……わかんない」

だって下肢に力が入らず、身体も思いどおりにいかない感覚なのだ。

重たいまぶたを上げたそのとき、ずるりと中をこすられる。

「……ぁあっ」

見ると、長門が腰を引いて自身を抜いたところだった。それはいやらしい蜜――あすかの愛液で濡れていた。わずかに赤が混じっているのは破瓜《はか》の証《あかし》だろう。

（……終わったの……？）

それを見た途端、あすかは急に睡魔に襲われる。

（あ、だめだ……意識が……）

まぶたが落ちていくのを止めることができない。

（……リュージ……さ……）

意識が完全に落ちる直前、汗で額《ひたい》に貼りついた前髪を、大きな手で搔き上げるように撫《な》でられた。

「ありがとうな」

そんな長門の囁《ささや》きを、薄れゆく意識の中で聞いたのだった。

＊　＊　＊

ぴちょん、とどこかで水音がする。

身体を包むあたたかさとゆらゆら揺れるなにかが心地いい。あすかはうっすらまぶたを持ち上げる。直後、焦点の合わない瞳に映ったのは、湯気の立つ湯だった。

（……？　……お湯……？）

そう思ったと同時に、耳のすぐそばで声がした。

「お、目が覚めたか」

あすかが緩慢な仕草で見上げると、男の顎《あご》がぼんやり見える。

「どこか身体がつらいところはないか。……あすか？」

返事がないのを怪訝《けげん》に思ったのか、男は首を傾《かし》げた。そこでようやく、あすかはそれが長門で、濡れた髪を掻き上げた珍しい姿だと認識した。

「起きてるか？　それともまだ眠りの中か？」

「……おきてる」

「お。よかった。ちゃんと目が覚めたな」

ぴちょん、と再び水音が聞こえる。

そしてやっと、あすかは周りをしっかりと見渡した。

ここはどうやら浴室だ。あすかは広い浴槽の中で、長門の脚のあいだに座り、彼の胸に身体をあずけていた。長門の鍛《きた》えられた胸板に、自身の背中がぴったり触れている。

その現状を理解した瞬間、我に返った。突然身体に力がこもり、ばちゃんと湯が撥《は》ね上がる。

（なんで……！）

身体が沈みそうになるが、長門が支えてくれていたおかげで事なきを得た。

「っと、危ねー。大丈夫かあすか」

「……リュ、リュージさん、あの」

「ん？」

「ここ、お風呂場だよね」

「だなあ。覚えてるか？　意識が飛ぶように眠ったこと。身体を綺麗にしないといけねーからな、風呂に入れてやったんだ」

「……あ、うん」

（って身体を綺麗にって……わあああ〜っ！）

意識を失う前のことはきちんと記憶に残っている。

散々恥ずかしいところを知られているのだから、今さら裸を見られて狼狽《ろうばい》するのはおかしいかもしれない。だが、意識のないあいだに身体を洗ってもらったとすれば、話が違う。恥ずかしい。死ぬほど恥ずかしい。

（あああああ……）

いたたまれず、羞恥《しゅうち》に襲われる。風呂の熱気とは異なる熱さに全身が朱に染まった。

（……恥ずかしくてどうにかなりそう）

膝を曲げ、顎《あご》を乗せる。顔半分を隠すようにお湯に浸《つ》けた状態でぶくぶくと息を吐いた。

(ううう〜っ)

湯の中で言葉にならない悲鳴を何度もあげる。

「こーら、溺れるつもりか」

そんなあすかを後ろから抱え上げ、長門はからかいの混じった声をかけてきた。

「身体は平気か。どこか痛いところはないか」

「……ん。だいじょーぶ、だと思う」

首をひねって見上げれば、浴槽の縁《ふち》にひじをつく色男がこちらを見つめていた。

その眼差《まなざ》しは、愛しいものを眺めるようにやわらかい。間近だからよくわかった。

(……なんか、リュージさん……すっごくえろい)

ただでさえ濡れ髪を掻き上げ、精悍《せいかん》な顔立ちがあらわになっているのだ。さらには情事後の色気がだだもれとなっていて、目を奪われてしまう。

(あたし、このひとに……だ、抱かれ、たんだよね)

改めてそう思った瞬間、身震いするほどの歓喜が全身を包み込んだ。

くふふと口の片端が引き上がり、にやにや頬が緩むのを抑えられない。顔が上気して、幸せにのぼせそうになるほどだ。

たまらなくなって後ろを振り向き長門に顔を寄せると、彼の喉元《のどもと》が震えた。笑っているらしい。

「くくっ……あすか、どうした。やけに積極的だな」

さらに嬉しくなって彼に体重をかけると、不意に腰に硬いなにかが当たった。

（……なに……って、あ）

その正体に気がつき、あすかは一瞬、身体を硬くする。そんな反応に長門は苦笑した。

「まだ物足りないって、こいつは言ってるみてーだな」

あすかにとってはかなり濃密な時間だったが、長門は物足りないらしい。

しかし、あすかが初めてでまた受け入れる負担が大きいため、二回目に挑む気はないようだ。それでも、湯船の中という場所で、裸の恋人が密着している状況は生殺しに等しい。

長門は微苦笑を浮かべたまま、明るく言う。

「当たるのは、まあ気にすんな……って難しいよなあ。けど、あすかにどうこうしろとは言わねえ――っおい？」

あすかは半ば無意識に、彼自身に手を伸ばした。すると指先が先端に触れた瞬間、ぴくんと反応する。引き寄せられるように、あすかはそれを手のひらで包み込んだ。

「あすか？　……っ」

「……っ、ぁ、リュージさんっ」

「……そう触られると我慢できねえんだが」

どくどくと脈動が伝わってきて、離すことができないばかりか、反対に握り込んでしまった。

「こーら、あすか。……襲っちまうぞ」

悪戯《いたずら》が過ぎるとたしなめられるものの、あすか自身が混乱してどうしていいかわかっていない。勝手に動く手についには泣きべそを掻いてしまう。

「……仕方ねえなあ」

長門は息を吐くが、注《そそ》いでくる眼差《まなざ》しに色欲がちらついている。

あすかの首筋に伸ばされた手が、あやすように頬から顎《あご》を伝い、唇に届く。そして親指が上唇を押すように数度なぞった。

——その仕草で、疎《うと》いあすかでもなんとなく察した。長門がなにを望んでいるのかを。

「……できるか」

「……ぅ、ん……」

できるかどうかなんて本当はわからない。でもうなずく以外の選択肢はあすかの中に存在しなかった。だからこそ熱に浮かされた心地で、頬を熱く火照《ほて》らせながら、あすかは緩慢に顎《あご》を引いたのだった。

「……っん、んぷ……ん、んむ……」

くぐもった声に混じり、くちゅ、ぴちゃっという水音がもれる。立ち込める湯気と浴室内に充満する湿気は、あすかの身体に汗を浮かび上がらせた。

「ん、ん、む、……はむ」

浴槽の縁《ふち》に腰を下ろした長門の脚のあいだで、あすかは膝をついて座り込んでいる。そして懸命に、咥《くわ》え込むには大きすぎる長門の逸物を頬張っていた。

なぜこんなことをしようと思ったのか、明確な答えはない。ただ、長門に求められて、身体が熱を持ったのだ。おそらく彼を欲していたのだと思う。

口内に長門の存在を感じながら、あすかは考える。

（えっと、……どうしたらいいんだっけ。——ああ、歯を立てるのは絶対にだめ、と）

『歯だけは立てるなよ』とやけに真剣な眼差《まなざ》しで言われたので、気をつけよう。

あすかは肉棒を口から取り出して、両手と舌で攻めることにする。まず先端に唇を落とすと、それはぴくっと震えた。

舌を伸ばし亀頭を何度もなぶれば、先走りが垂れてくる。それもおそるおそる舐めた。

（……にがい）

想像以上に苦くて、あすかは眉を寄せる。すると長門が気づいて、彼女の唇についた残滓《ざんし》を拭《ぬぐ》ってくれた。

「無理しなくてもいいぞ」

「……ううん、やる」

よい子の返事をしたのに苦笑を返された。解《げ》せないなと思いつつ、あすかは裏筋を辿るように何度も舐め上げる。

さらには唇ではむはむ挟むように食《は》んだり、啄《ついば》むような口づけを落としたりする。そのたびに、屹立《きつりつ》に血管が浮かび、びくびくと反応した。

（気持ちいいんだ……）

あすかは嬉しくなり、再びそれを咥《くわ》え込む。全部おさまりきらないので、咥《くわ》えられるところまでではあるが、口内に迎え入れた。やはり苦しい。

すると長門は、あやすようにあすかの頭を優しく撫《な》でてくれる。身体にぞわりとしびれが走り、あすかは身悶《みもだ》えした。

「ん……っ」

甘いしびれに耐えながら、やわらかい頬の内側でそれをこすると、先走りが溢《あふ》れてあすかの口いっぱいに広がる。

今度は咥《くわ》えたものを吸ったり頬をすぼめたりしてみた。ぴちゃっ、くちゅっといやらしい音がこぼれ、それに煽《あお》られたのか、口の中のものがぐんと膨張する。

「ん……あすか、上手いな」

褒めるように長門の手があすかの耳をなぞり、頬を撫《な》でた。優しい仕草に嬉しくなり、もっと気持ちよくなってもらいたいとあすかのやる気が上がる。

手も使い、高ぶりを扱《しご》く。竿を伝って落ちてくる興奮の証《あかし》が指に絡み、じゅぶじゅぶ淫猥《いんわい》な音を立てた。

しばらくして、長門はあすかを止め、彼女の口から自身を引き抜く。

「……もういいぞあすか」

「……ふえ？　でも……」

（……達《い》ってないよね、リュージさん）

そんなことを考えて、あすかはぼうっと彼を眺める。

すると長門は、匂い立つような色気をその双眸《そうぼう》に宿《やど》し、囁《ささや》きかけてきた。

「ここまでした責任取って、最後まで付き合ってくれるよな」

「……へ」

「とぼけるのはなしだぞ。ほら、床に四《よ》つん這《ば》いになれ」

「……っえ」

四《よ》つん這《ば》いと言われ、あすかは戸惑う。しかし身体から力が抜けていたせいで、長門に軽々と体勢を変えられてしまった。浴室の床しか見えなくなり、もちろん背後にいる長門の様子はわからない。あすかは急に不安になる。

（……この体勢、少し怖い）

そのとき突然、尻に生あたたかい息がかかり、かぷっと甘噛みされた。

「ひゃあん……！」

その刺激に腰が震えて膝から力が抜ける。だが、長門が尻を掴んで、あすかの身体を支えた。

「うあ、あっ、ぁん、あー……」

彼は尻たぶを掻き分け、いたるところに唇を落としては舐めてくる。長門の眼前にもっとも恥ずかしい部分を晒《さら》していると理解したら、目の前が真っ赤になった。

（ああっ、いやだ……っ）

そう思うのに、あすかの愛液はこぷりと溢《あふ》れ出た。

「ひあっ、や、あん、ぁあああ……んっ」

動き回る舌の感触がたまらない。全身にぞわぞわと快感が走り、あすかは嬌声《きょうせい》をあげる。

しばらく長門の舌に翻弄《ほんろう》されたところで、彼は唐突に愛撫《あいぶ》をやめた。

「……ふう」

あすかは熱に浮かされてぼんやりした頭で、首を動かした。すると、長門が天を仰《あお》いだ自分のものを手でこする姿が、視界の端に映り込む。

「……あぅ……、リュー……ジ、さん……？」

問いかけに返事をせず、彼はあすかの太ももを閉じさせた。その脚のあいだに、なにか熱を感じる気がする。

なんだろうと思った瞬間、長門は後ろから低い声で囁《ささや》いた。

「さすがに挿《い》入れるのはきついだろうからな。少し、ここを貸してくれ」

そう言ったかと思えば、両脚のあいだに挟まれた灼熱《しゃくねつ》が前後に動き出す。

「ひ、……っうああ……！」

長門の先走りとあすかの愛液が混ざり合い、じゅぷじゅぷと卑猥《ひわい》な音が響く。

「んや、ぁ、……ゃんっ、ん……んんーっ、ああん！」

「あすか、いい声だ。かわいい……好きだ……」

甘い囁《ささや》きに、あすかの体温が上がった。

猛《たけ》った剛直がぱんぱんに膨《ふく》らんだ花芯《かしん》をこすり、あすかの身体に強烈な快感が灯《とも》る。敏感になっている秘所をぐちゅぐちゅと弄《もてあそ》ばれて、腰ががくがくと震えてしまう。さらには入り口も切っ先がかすめ、目の前がちかちかしてきた。

（は、いっちゃいそう……っ）

後ろから獰猛《どうもう》な獣《けもの》のように求められ、あすかの欲望が高ぶっていく。長門も同じだったのか、彼は突然猛《たけ》りをあすかの太ももから引き抜いた。

次の瞬間、腰に熱い飛沫《しぶき》を感じる。

(あ……っつうい……！)

「……っ！　ああっ……やぁん、ぁ……ん」

その感触に触発され、あすかも達した。全身がびくんびくんと震え、腰を掴まれていなければ床へ崩れ落ちていただろう。

あすかが肩で息をしていると、なだめるような口づけが背中にいくつも降ってくる。

その心地よさに、気づけばあすかは目を閉じてしまった。

＊　＊　＊

ふと気がつくと、あすかはベッドの中にいた。

初めての性交で心身ともに休息を欲していたらしく、ずいぶん長い時間眠っていたようだ。目が覚めると夕刻で、寝室には彼女ひとりだった。

(……ここ……そうか、リュージさんの……)

あすかの記憶は浴室が最後だ。あれは夜だったから、あすかは半日以上眠っていたのだろう。

寝ぼけた頭で自分の置かれた状況を察し、思わず頭を抱えた。そして何度も身体をよじる。

なんということだ。長門の手が、舌が、あすかの身体をすみずみまで暴き、乱れさせた。さらには自分から大胆にも奉仕してしまったのだ。その姿が走馬灯《そうまとう》のように駆け巡《めぐ》る。

（……っうわあああああー……っ！）

「いたっ！」

動いた拍子に腰と股のあいだ、脚の付け根がじんじんと鈍《にぶ》く痛み、悲鳴をもらした。

（……これってやっぱりあれのせいだよね……。あたし、リュージさんと本当にしちゃったんだあ）

改めて自分の身体を見る。

今はパジャマを着ているが、素肌には長門に愛された痕跡がまざまざと残っていることだろう。そっと襟ぐりを引っ張ろうとしたが……やめた。正気の状態で確認するのはとても照れる。冷静でいられないかもしれない。

（あれ、でもなんでパジャマを着てるんだろう……？　女物だし、あたし用ってことだよね？　リュージさんが着せてくれたのかな……）

疑問に思いつつ、視線を巡《めぐ》らせた。すると薄暗い室内の扉の向こうから光がもれている。

（……リュージさんがいるのかな）

それなら顔が見たいと思い、あすかはベッドから下りようとした。だがなぜか床に崩れ落ちてしまう。

「うわっ」

びたんっと膝をつき、床に座り込んだ。

(腰が……抜けた?)

物音が聞こえたからか、足音が響き、扉が開け放たれる。現れたのは長門だった。

「あすか? 起きたかー……――っと、大丈夫かっ?」

床に座り込んだあすかに駆け寄り、慌てて抱き起こしてくれる。

「あ、ありがとう」

「落ちたのか? どこも怪我してないか? 痛いところは」

「大丈夫、大丈夫。ちょっと脚に力が入らなかっただけだから」

たいしたことではないと小さく笑う。けれど信じてくれなかったのか、長門はあすかを軽々と持ち上げた。

「わっ。リュージさん?」

抱えられたまま寝室から連れ出される。

「足腰が立たねえだろ? まあ俺のせいだけどな」

「う……」

「遠慮せず俺に世話されてろ」

「……わかった。お願い、します」

長門はあすかに甘く、優しい。なんだか照れくさくなり、あすかはそれをごまかすようにぐりぐりと彼の首筋に頭をこすりつけた。髪の毛があたってくすぐったいのか、長門は喉《のど》の奥で笑う。

連れていかれた先はダイニングで、椅子に優しく座らされた。すぐに冷えたミネラルウォーターの入ったグラスを渡され、あすかは遠慮なく飲み干す。気がつかなかったが、喉《のど》が渇いていたようだ。

「そろそろ飯でも用意しようかと思ってたんだが、腹は減ってるよな？」

「えっ、リュージさんが作ってくれるの？」

ご飯の話が出た途端、空腹を覚えた。昨日は大学が終わったあと連れて来られたので、今までなにも食べていない。とてもお腹が空《す》いていた。

「炒飯《チャーハン》くらいしか作れねえけどな。ま、切って炒めるだけの男料理だ。味は期待するなよ？」

そう言って、長門はキッチンに入っていく。フライパンを振るう姿はなかなか様《さま》になっていて、テーブルに並んだときにはスープもついていた。

出来たてほかほかのそれは、あすかの胃を充分満たしてくれた。綺麗に完食して、彼女は手を合わせる。

「ご馳走《ちそう》さまでした！」

「腹は膨《ふく》れたか」

「うん！」

満腹になったところでリビングのソファーへ移動すると、隣に腰掛けた長門に自然と体重をあずけた。ぴったりとくっつくと、安心する。

「どうした。あすかから甘えてくるなんて珍しいな」

長門は大きな手で後頭部を撫《な》でてきた。安心感がより増し、あすかは頬を緩める。

「……なんとなく、そんな気分なんだよ」

「ほう？　それはいいな。いつでも歓迎するぞ」

長門はくつくつ笑う。

腹が満たされたせいか、あすかに睡魔が忍び寄ってきた。先ほどまで眠っていたのに、どうしてまた眠くなるのだろう。

あすかがうとうとしていることに気がつき、長門が問いかけてくる。

「ベッドへ行くか？」

「んー……んぅ」

「どっちだ」

笑みを滲《にじ》ませながら頬や顎《あご》を指先であやしてくる。

（……そうだ、リュージさんに訊《き》かなきゃいけないことがあったんだ）

眠ってしまう前に、これだけは確認しておかないといけない。

「……ねえ、リュージさん」

「ん？」

「あの、あのさ、……今さらなんだけど、さ。……あたし、おかしくなかった？」

「おかしい？　なんのことだ」

曖昧《あいまい》な尋ね方をしたせいか伝わりにくかったようだ。

「その、えっと、……昨日のこと、で。あたし、上手くできてた？　……初めてだったから、どこかおかしいところなかったか、ちょっと不安になって」

言い切ったところで、恥ずかしさで身体中が熱くなった。

（こんなこと、きっと今まで相手にしてきた女の人たちは気にしたことなかったんだろうな……）

初めて……それは情事のことだ。相手は経験豊富な男。自分は満足してもらえただろうか、どこかおかしなところはなかっただろうかと不安に苛《さいな》まれたのだ。情けない。

ただ、落胆されたとしたら立ち直れそうにないのも正直な気持ちだった。

（がっかりされてたらへこむなあ。……ん？　あれ、なんの反応もなし……？）

かなり勇気を持って話しかけたのに、反応がない。

あすかがおそるおそる長門を見上げると、彼はふき出した。

「ぶはっ」

(な……!)

「……っ、リュージさん! 笑うなんてひどいよっ、こっちは真剣なのに!」

「っはは、わりーな。あまりに見当違いな心配だから、つい笑っちまった」

悪びれず謝られて、あすかは気が抜けてしまう。彼にしたら笑いごとでも、あすかは本気で気にしていたのに。

「ったく、なにを深刻な顔で訊《き》いてくるかと思えば」

「だって~……もうしたくないとか、つまらなかったとかだったら……やだなあと思って」

あすかが唇を尖《とが》らせると、長門はにやりと笑う。

「あすか、まさか昨日の俺が全力だと思ってないよな」

「へ?」

ぽかんと口を開くあすか。その頭を、長門は乱雑な手つきで撫《な》で回した。髪の毛がぐちゃぐちゃになるほどだ。

「あ、ちょっ」

「もうしたくないとか、つまらないとか、ありえねえよ。俺がどれだけ我慢したと思ってやがる。おまえが気を失ったあとも構わず突っ込んで、揺さぶって、満足するまで犯《おか》し続けてやりてえぐらいだったんだぞ。その欲をひたすら耐えていたっつーのに、人の気も知らねえで」

「……っ、……っ」

（う、わ、わあ……っ）

あからさまな言葉に、あすかは体温が上昇していくのを感じた。淫蕩《いんとう》に耽《ふけ》った最中ではなく、素面《しらふ》のときに欲望の片鱗《へんりん》を見せられ、言葉が出ない。

「上手くできてたかどうか不安だって？　それじゃあ今からもう一度確認するか？　俺がどれほど欲情するかわかれば、そんな不安もなくなるだろうしな」

「……っいい！　大丈夫！　わかったっ。無駄な心配だってよくわかったから！」

「遠慮するなって」

「遠慮する！」

ソファーの上で押し倒されそうになり、あすかは慌てて止めた。いくらなんでも昨日の今日で無理だ。身体がつらい。

「ごめんなさい！」

「っとに。わかればいーんだよ」

長門はあすかの額《ひたい》をびしっと指で弾いたあと、こめかみをぐりぐりしてくる。

「痛い痛い痛い～」

「あほな心配した罰な」

「ううう～……」

解放されたころには涙目になっていた。その涙が罰によるものか、安堵《あんど》からくるものかは自分でもよくわからない。

（……余計なことは言わないようにしよう）

心の中で反省しながら、あすかはずるずると長門の膝に頭を落とす。

「まだ痛いのか」

「……ううん、少し疲れたなって」

「眠っていいぞ。ベッド行くか？」

「リュージさんは？」

「付き合いたいところだが、まだやることが少し残ってるから、そのあとだな」

「……ベッド行く」

起き上がろうとしたら、長門がひょいっと抱きかかえてくれた。

「運んでやるよ」

「……ありがとう」

寝室に運ばれてベッドへ下ろされると、やはりまだ昨日の疲労が残っていたのか、うつらうつらしてきた。

「……寝ちゃいそう」

「気にせず寝ろ」

「……うん。リュージさん、起きたらいる……？」

「どこにも行かねえから安心しろ」

「ん……。おやすみ……」

次に目が覚めたとき、彼の言うとおりきっとひとりではないのだろう。そう思うと、とても心があたたかくて、あすかはゆっくりと眠りに落ちていったのだった。

第六章

翌朝目覚めたあすかのそばには、約束どおり長門がいてくれた。というより、同じベッドで彼に抱き込まれるように眠っていたのだ。

びっくりしたが、決していやではなかった。むしろ人肌のぬくもりが心地よくて二度寝しそうになったくらいだったけれど、頑張って起きる。

昨日は大学を休んでしまった。今日こそ行かねばならない。

あすかが起きてすぐに目を覚ました長門にそう言うと、彼はわかったとうなずいて『大学まで送る』と言った。しかも大学に行く前に、一度あすかのアパートに寄ってくれるらしい。

着替えは長門のマンションに用意されていたものを使わせてもらえばいいが、授業の教材はアパートにあるので取りに戻らなければならない。長門の気遣《きづか》いはとてもありがたかった。

今日は二限目から授業なので、比較的ゆっくり朝の時間を過ごす。

そして身支度を整え、長門を迎えに来た車に一緒に乗り込んだ。朝の通勤ラッシュが過ぎていたおかげで、スムーズにアパートに到着する。

「じゃあちょっと、教科書を取りに行ってくるね」

車を降りながら言うと、長門はあすかをまっすぐ見て答える。

「ああ。気をつけろよ」

「ん？　わかった」

ひとり暮らしの自室に行くだけなのに心配性だなと思いつつ、アパートの敷地内へ進む。

あすかの借りているアパートは女性専用だ。昼間は管理人がおり、男性はたとえ契約者の身内でも入ることはできない。気をつけるとしたら、階段の上《のぼ》り下り程度だろうか。

普段と同じように管理人に挨拶《あいさつ》し、あすかは二階にある部屋へ向かう。部屋の鍵を開けようとしたところで、誰かが階段を上《のぼ》る音が聞こえてくる。何気なく階段のほうを見ると、踊り場で誰かが立ち止まった。

（え、誰……？）

あすかがそう思ったとき、その人物がふと顔を上げる。向けられた顔を見て、あすかは戦慄《せんりつ》した。

（うそ……なん、で、なんでこの人がここにいるの……っ!?）

踊り場にいたのは、磯崎だった。一昨日《おととい》会ったときよりもさらに顔色が悪く、あすかを見据《みす》える瞳はぎらぎらと鈍《にぶ》い光を宿《やど》していた。整った顔立ちと相まって、まるで幽鬼《ゆうき》のようだ。

怖い。本能的な危機意識が警鐘《けいしょう》を鳴らす。全身が総毛立つとはこういう状態をいうのだろうか。

（……よくわからないけどたぶんこれはまずい。リュージさんのところに戻ろう）

しかしアパートの外に出るには、ここで磯崎の横を通らないといけない。階段はひとつしかないのだ。

あすかは思いきって、磯崎の脇をすり抜けようと小走りした。それしか方法が思いつかなかったのだ。

けれどちょうどタイミングを同じくして、階段を上《のぼ》る足音が聞こえてくる。

(誰か来た……っ?)

一瞬そちらへ意識が移ったのが悪かったのか、再度磯崎を見て目を疑った。

(……え、ちょっと待って、もしかしてあれ……ナイフ……!?)

彼女は懐《ふところ》から刃物を取り出したのだ。おそらく見間違いではないだろう。

(なんで……っ、やばいやばい……!)

しかし引き返すという判断をする前に、磯崎がゆらりゆらり身体を左右に揺らしながらこちらに近寄ってくる。

(どうしよう……! 助けて、リュージさん……!)

心の中で叫んだ瞬間——あすかはずるっと足を滑らせた。

「うぇえ!?」

情けない声をあげながら、身体はスライディングするように滑ってしまう。

それは磯崎も予想外の動きだったらしく、あすかは奇跡的に彼女の脇を通り抜けた。

転ぶように床に手をつき、あすかは慌てて立ち上がる。目的の階段は目の前だ。

そのとき、長身で髪の長いすらりとした立ち姿のパンツスーツの女性が、階段からあすかの部屋のほうに歩いてきた。

あすかははっとする。そちらには磯崎がいるのだ。

「……っあ、待って、待ってください……！」

あすかの横を通り過ぎた女性は制止を聞かず、歩みを進める。磯崎の持つナイフが見えていないのか、それとも他人を気にしていないのか。

一方の磯崎は両手でナイフを握ったまま、ただあすかを睨《にら》んで近づいてきた。

「待って、危ない――……！」

あすかがそう叫んだとき、磯崎が女性に気づいたようでぎょっとする。

そして――次の瞬間、彼女は女性に腕をひねられ、拘束されていた。

「……っはなせ……離せえぇー……！」

磯崎の手からはナイフが落ち、廊下に転がっている。磯崎はばたばたともがくが、女性による拘束は外れない。

（……すご……）

あすかは呆然と立ち尽くしていた。

そうしていると、また階段を上《のぼ》る足音が聞こえる。二階に到着したのはあすかの知っている人物で、このアパートに入ることができないはずの男の人だった。

（……なんで）

「――浦部」

（そう、リュージさんの部下の浦部さんがどうしてここに……って、今名前を呼んだのっ

て、あの女の人？　なんであの人が浦部さんのこと呼んで……は、あああああ⁉）

磯崎の腕を拘束したまま振り返った女性を真正面から見て、あすかは顎《あご》が外れるほど驚愕《きょうがく》した。

（――さ、佐賀里さんっ⁉）

見間違いだろうか。いやどう見ても長門の片腕である佐賀里だし、声も彼のものだった。

あすかが困惑していると、浦部が磯崎の腕を掴んで言う。

「佐賀里幹部、代わります」

（……！　やっぱり佐賀里さんなんだ……でもわけがわからないっ）

長髪の女性が佐賀里だということは理解できても、その理由もこの状況も掴めない。

「ええ頼みます。意外と力が強くて肩が凝《こ》りそうでしたから」

佐賀里はそう言いつつも顔は涼しげだ。そして叫び続ける磯崎を冷たく見下ろした。

「うるさいですねえ。浦部、黙らせなさい」

「……わかりました」

浦部は磯崎の首を後ろから掴み、指で頸動脈洞《けいどうみゃくどう》を圧迫する。

「……っか、は……っ、……っ」

磯崎はしばらく抵抗していたが、そう時間を置かずに意識を失った。浦部は身体から力が抜けた彼女を抱え込む。

その躊躇《ちゅうちょ》のない行為にあすかは圧倒され、血の気を失った。

佐賀里も浦部もためらわずに暴力に準ずる行動を取る。紛うことなきヤクザなのだと、思い知らされた。

「あすかさん」

「……っ、は、はい」

「部屋へどうぞ。荷物を取りに戻られたのでしょう?」

たしかに授業に必要な教材を取りに戻ったが、今の状況では大学どころではない。あすかの精神力はごりごり削られ、大学の授業に構っていられる力はもうなかった。

「あ、あの……」

「どうされました?」

佐賀里があまりにも気にしていないので、説明しづらい。

「……いえ、取ってきます」

あすかはそそくさと部屋に戻る。そして必要な教科書等をリュックに入れて玄関を出ると、そこにいたのは佐賀里だけだった。

「忘れ物はございませんか」

「……あ、大丈夫です」

「では行きましょう」

忘れずに鍵をかけて、佐賀里のあとを追う。階段を下り、ふと管理人室へ視線を向けたが、なぜか管理人の姿はなかった。

アパートを出ると、あすかが乗ってきた車のほかに、ワンボックスカーが停まっている。そして磯崎がワンボックスカーに押し込まれているところだった。

あすかを乗せてきた車にもたれかかるように立っていた長門が、こちらに向かって軽く手を上げる。

「よう。お疲れさん」

その変わらない姿に脱力した。先ほどまでの騒ぎと差がありすぎて、現実なのか信じられないくらいだ。

言葉も出ないあすかの代わりに、佐賀里が口を開く。

「本当に余計な労働ですよ。特別手当を請求します」

「くくっ。よく似合ってるぜ」

「当然でしょう。私以外の誰がこれほど似合うとお思いですか」

そう言いながら、佐賀里はずるりとウィッグを外す。現れたのはいつもの佐賀里だった。髪の長いウィッグを被っているだけで女性と見間違うほどの美貌《びぼう》とは、恐れ入る。

佐賀里はちらとあすかを見て、言い訳のように説明する。

「女性専用アパートですから、管理人の目をごまかして中に入るには、これが手っ取り早かったんです。さらにごみ置き場が漁《あさ》られていると言って、少し様子を見に行ってもらいました。今ごろ、別の部下が足止めをしてることでしょう。おかげで浦部を呼べたので助かりましたが、管理人室を空《から》にしても平気な管理人というのはいかがなものか。セキュリティー面でも問題がありますね」

佐賀里の言葉に、長門はうんうんとうなずいた。

「そうだなあ。で、だ。あすか」

「――えっ、は、なにっ」

いきなり話しかけられ、あすかの声は上擦《うわず》った。

「今の佐賀里の話、聞いてただろ。ここはセキュリティーの甘さが目に余る。そこでだ。俺のところへ引っ越してこないか」

「え、ええっと」

(引っ越し？　それって今ここで出る話題？)

話についていけずに、あすかは首を傾《かし》げる。

「さっきまでいた、俺の部屋な。あそこならセキュリティーも問題ないし、おまえ用の部屋もすでに用意してあるのは知ってるだろ？」

「し、知ってるよ」

「どうだ、俺の部屋で一緒に暮らすのは」

「いや、あの」

急展開に困惑し、どもるあすか。長門は促《うなが》すように言葉を続ける。

「それに俺の部屋なら、あの女のようなおかしな人間も入ってこられない。安心だろ」

「……っそうだ、磯崎さんはどうしてここにっ!?」

今の最優先事項を思い出し、今度こそわけが知りたいとあすかは焦った。

するとなぜか佐賀里が応じる。

「一昨日《おととい》ですか。大学で声をかけられたのですよね」

「え？　あ、そうです」

「そのときあいだに入った清掃員を覚えていますか」

話の流れがわからないながらも、思い出して答える。

「えっと……若い男の人だったと」

「彼はうちの構成員です」

「……うえっ？　そうだったんですか！」

驚くあすかに、長門がうなずく。

「大学内のあすかの護衛だな」

「……あたしの？」

「六州会会長の恋人と知られたら、どんな人間から目をつけられるかわかったもんじゃねえ。だからもしものときの保険として用意してたんだが、役に立っただろ」

　思いもよらないことに、あすかは呆然とする。

「……あのときどう逃げ出そうかちょっと困ってたから助かったけど……」

「彼はあの磯崎という学生に忠告をしました。あすかさんに近寄るなと。ですが、彼女はあのあともあすかさんのバイト先やこのアパートの周辺をうろついていたそうです」

「家もバイト先も……っ!?」

　想像してぞっとした。その心中を察するように、佐賀里は申し訳なさそうな顔をした。

「今朝もアパートの周辺を歩き回る姿が確認されたので、彼女を拘束する算段をつけていたのです。しかし刃物を持ち出すとは想定しておらず、怖い思いをされたと思います。申し訳ありませんでした」

　あすかは慌てて手を横に振った。

「あっ、いえそんな！　佐賀里さんが止めてくれたので、全然平気でしたし。あっ、佐賀里さんのほうこそ怪我とかありませんでしたか」

「いいえ。それはまったく」

「よかった……！　佐賀里さんの動きが速くて全然目で追えなくて。本当すごかったです。……あと、長い髪、よくお似合いでした」

「……ふふっ、それはどうもありがとうございます」

佐賀里の口元がほんの少し持ち上がる。それがまた目を逸《そ》らせないほど婀娜《あだ》めいていたので、どきどきしてしまう。

するとむっとした長門に腕を引かれ、広い胸に抱き留《と》められた。

「リュージさん？」

「……怖かっただろ」

ナイフを向けられるなど、普通はそうないことだ。

「怖くなかったって言ったらうそになるけど、すぐに佐賀里さんたちが取り押さえてくれたし、……今は恐怖よりも、なんで磯崎さんにここまで恨《うら》まれてるのか不思議で仕方ない、かな」

磯崎の心情に見当がつかず、ただどうしてという疑問でいっぱいだった。しかしこの答えは磯崎本人から訊《き》き出すしか方法がない。

（本人が話してくれるかは、わからないけど……）

ナイフを手に近づいてきたときの彼女の双眸《そうぼう》を思い出す。あれは正気ではなかった。精神にどこか異常があるといわれても納得するだけの迫力があった。

「……ま、そのあたりはおいおいわかるだろ。あの女にはこれから事務所で取り調べを行《おこな》う。それであすかはこのあとどうする？　大学に行くか？」

長門の問いかけに、あすかは首を横に振った。

「……今日はやめておく」

「それならマンションに戻るか」

「……いいの？」

「いいに決まってるだろ。むしろこんな場所からは早く立ち去りてえな」

そうしてあすかは再び長門のマンションに戻ることになった。


あとの処理はすべて佐賀里に任せ、あすかたちは長門のマンションに到着した。そしてすぐに風呂に入るよう提案される。身体をあたためて心身ともに癒《いや》せと言われたのだ。言われたとおり身体を綺麗にして湯船に浸《つ》かると、無意識に張っていた気持ちがほぐれてきた気がする。

やはり刃物を向けられたのは精神的に負担になっていたらしい。敵意を向けられるだけでも疲労するものなのだから、刃物など向けられた日には言わずもがなだった。

そのあと、充分にあたたまって浴室を出ると、脱衣所にはなぜかバスローブしかなかった。あすかが着ていた服も見当たらない。

（バスローブ？）

長門はあすかの入浴中に着替えを用意しておくと言っていたが、これはどういう意味だろう。とりあえずこれしかないのなら仕方ないと、身体を拭いてバスローブを羽織《はお》る。

それは驚くほどちょうどいいサイズだった。

廊下に出てリビングに行くと、手にスマホを持った長門があすかに気づく。

「うん、充分あったまった。でもなんでバスローブ？」

「あったまったか」

そう尋ねたら、こっちへ来いと手招きされる。素直に従うと、長門に強く抱き込まれた。

「リュージさん？」

呼びかけても返事がない。

「どうかしたの……？」

もう一度呼ぶと、長門は少し身体を離して自《みずか》らの額《ひたい》をあすかの額《ひたい》にくっつけた。

「……佐賀里がいたから安心だと、わかっちゃいたんだがなあ」

「ん？」

「少し反省してるところだ」

「……磯崎さんのこと？」

「まあな」

「あたしはどこも傷ついてないよ」

「それはわかってるけどな」

長門が言いたいことも悩む気持ちも理解できる。

　だからこそ、あすかは目の前の自分を見てほしかった。

「――そんなに信用ないの、あたしの言葉は」

「……あすか？」

　あすかの声のトーンが変わったことに気がついたのか、長門が首を傾《かし》げる。

　あすかは意を決してバスローブの前の結びを解《ほど》き、脱ぎ去った。

　長門はあすかの突然の行動に軽く目を瞠《みは》る。だが次の瞬間、口元に笑みを乗せた。

「ほら！　あたしは平気！　どこも怪我してないし、傷ひとつついてないよ」

　バスローブを落としその身ひとつとなったあすかは両手を広げ、長門の眼前に素肌を晒《さら》す。今だけは、羞恥心《しゅうちしん》も捨て去った。

「あたしは大丈夫だって、リュージさんの目でちゃんと確認してよ」

　そしてまっすぐに長門を見上げ、彼に自分から抱きつく。

　あすかはただ、自分を見てほしかった。ほかのことに気を取られず、ただあすかだけを見つめてほしいと望んでいた。

　――そしてあすかの希望は叶えられる。

　縋《すが》りついた彼の喉《のど》が低く鳴ったかと思えば、あすかの視界はぐるりと回っていた。長門の肩に担《かつ》ぎ上げられたのだ。

　そのままあすかは寝室に連れ込まれた。長門はやや乱暴に扉を閉める一方、あすかを優しくベッドに下ろす。

そして彼もベッドに上がり、あすかに覆《おお》いかぶさってきた。長門の瞳はこれ以上ないほど情欲に濡れており、あすかの身体の中心がどうしようもなく疼《うず》いた。

「はあ、……あすか」

吐き出される息も火傷《やけど》しそうなほど熱く、目の前がくらくらする。

（あ、……あたし、リュージさんに欲情してる……？）

「……リュージ、さん」

自覚すると、もう我慢できなかった。両手をめいっぱい広げ、婀娜《あだ》めいた微笑を浮かべて囁《ささや》きかけたのだ。

「……あたしを、お腹いっぱい、食べて……？」

＊　＊　＊

――……あたしを、お腹いっぱい、食べて……？

自分の下でそんなことを囁《ささや》いたあすかを見て、長門は瞠目《どうもく》する。

だが次の瞬間、衝動に突き動かされるまま、あすかの呼吸すら奪う乱暴さで唇を塞いでいた。

「んくっ！　ふ、……っんむ……」

薄く開いた唇はいとも容易《たやす》くこちらの舌の侵入を許す。一瞬、驚きで引いたあすかの舌を、逃がさぬよう絡め取る。熱い舌で彼女の口内をくちゅくちゅと舐め回すと、甘い声が聞こえてきた。

「んっ、んぁ、……っ」

舌先を甘噛みし、上顎《うわあご》を撫《な》でる。するとあすかは小刻みに震えた。その振動すら長門を快楽へ導く。

長門は存分に舌を絡め、あすかの口内を蹂躙《じゅうりん》していった。彼女の頭を両手で包むように抱え込み、顔を逸《そ》らす隙さえ与えない。

がっちりと捕まえたまま口づけを深くしていくと、息苦しいのか肩口を緩く押して抵抗される。けれど敢えて無視し、交わりをさらに濃厚にした。

「っう、……は……っ」

しかし、あすかとてやられっぱなしではない。拙《つたな》いながらも、主導権を奪おうと試《こころ》みてきたのだ。積極的に舌を絡めてくる必死な仕草がいじらしい。

（へえ……これはなかなか、嬉しいことをしてくれる）

気づけば長門の口元がにんまりと弧《こ》を描《えが》いていた。

（だが主導権を渡すつもりはねえよ）

彼は今まで以上に荒々しく、あすかの敏感なところを攻め立てる。問答無用の舌技であすかを翻弄《ほんろう》し、ねじ伏せた。

そうして散々舌を絡ませ合い、唾液を搾《しぼ》り取るかと思うほどのねっとりとした長い口づけを終える。ようやく解放したころには、あすかはすでに息も絶え絶えだった。

「はあ、はあ、はふっ……」

あすかの唾液で濡れた唇を拭《ぬぐ》ってやる。そしてあやすように頭を撫《な》でた。

彼女の額《ひたい》や頬に、ちゅっちゅと軽く音を立てながら口づけを落としていく。そのうちに、あすかの呼吸が整ってきた。

じっと見ていたら、彼女の目尻がほにゃっとだらしなく垂れる。この淫靡《いんび》な空間でも和《なご》む笑顔だ。つられて長門の目尻も下がった。

（……しっかし、なんつー口説《くど》き文句だよ、あれは。あたしを食べて、ね。あーくそっ、たまんねえなあ）

思い返すだけでにやにやと笑み崩れた。

まさかあすかがそんなことを、しかも直接的な言葉で望むなど、まだ期待すらしていなかったというのに。いきなりの爆弾を投下された。

（腹いっぱいだって？　はっ、望むところだ）

なにせつい先日まで処女だったあすかの身体を気遣《きづか》って、こちらはずいぶん我慢してきたのだ。たった一度の挿入で終わるなど、これまで多くの女を相手にしてきた長門からしてみれば物足りない。

　初心者で、なおかつ男を受け入れる負担を考慮するなら、長門自身が満足するようになるには、まだ時間がかかるだろうと覚悟していた。それこそ徐々に慣らしていくその手間すら、あすかが手に入るのなら安いものだとまで考えていたくらいだ。

　それが今、本人から身を捧げられてしまった。長門はまるでご馳走《ちそう》を前にした飢《う》えた獣《けもの》のようだ。

（据《す》え膳食わぬは男の恥、だろ）

「……リュージ、さん……？」

　ぼんやりとした眼差《まなざ》しで声をかけてくるあすかに、長門はこれ以上ないほどの上機嫌さを乗せた笑みを返した。すると、あすかの目がとろんとなる。

（食べてというなら望みどおり、全身くまなく食ってやるよ）

　そうと決めたら善は急げ。すり、と額《ひたい》同士をこすり合わせてから少し身体をずらし、あすかの足元へ移動する。そこで膝をつき、ほっそりとしたあすかの足首を持ち上げた。

　そっと指の腹で足をなぞるとぴくりと反応する。その指に顔を近づけ、ふうと息を吹きかけた。

「……ひっ、リュージさんっ!?」

あすかの驚愕《きょうがく》の声を聞きながら、長門はその足の親指の爪先《つまさき》をかぷりと噛んだ。

「っ、ああーっ！」

そのまま親指を口に含み、ちゅぱちゅぱと吸いついては舌を転がす。するとあすかは悲鳴に近い声をあげた。

「ひうっ！　……な、なんでそんな……っ」

惑乱しうろたえるあすかに構わず、長門は順番に足の指に噛みつき、しゃぶっていく。そのたびに悲鳴が頭上からあがるが、聞き流した。

（まずは足先から順番に、だろ）

「や、やめてよそんなところ……っき、きたないよう」

ぐずぐず泣き声を帯びた声音《こわね》で嘆願されるが、長門はやめない。黙々と続け、片足が終わると、もう片方の足に顔を寄せた。

こちらも足の先端へ躊躇《ちゅうちょ》なく濡れた舌を這《は》わせる。

食べろと望まれたのだから、言葉どおり実行するのみ。足先から順番に、舌で愛撫《あいぶ》しなかった箇所などないほど、あすかをむしゃぶり尽くす所存である。

逃げようとするあすかを押さえ込みつつ、長門は両方の足をしゃぶり終えたら、次は細い足首から伸びるふくらはぎに視線を移す。やわらかな感触を手のひらで確かめてから、やんわりと歯を立てる。息を詰めるような音が聞こえたが、構わずそこへも唇を寄せた。

「ひ、んっ」

若くて張りのあるふくらはぎは、少し噛みつけば簡単に歯形が残る。そこをなだめるように舐め、時折強く吸いつくと、紅色《べにいろ》の痕跡が刻まれた。それを繰り返しているうちに、気づけばあすかのふくらはぎはおびただしい数の所有印に彩《いろど》られていた。

（ははっ。なかなかいい眺めじゃねえか？　これは）

自身の欲望をぶつけた結果のそこは、かなり満足のいく仕上がりだ。

「……っふ、っふえ……」

ところがそれまでのあいだ、ただただ愛撫《あいぶ》を受け続けてきたあすかとしては、たまったものではなかったのだろう。いろいろと限界を超えたのか、ついに泣き出してしまった。

長門はふくらはぎから視線を外し、あすかの顔を覗き込んだ。

「どーしたあすか」

「っ、ひっく、……うっ」

「あすか?」

「……や、……だ、って」

「ん?」

「やだって、……っ、言ったのに～……。じ、自分はこういうこと……慣れてるからって、好き放題して～！」

そう言ってひんひん泣くあすか。どうやらやり過ぎてしまったようだ。

しかしこれは長門にとって計算外だ。このまま勘違いされては困る。

「あすかだけだぞ」

「……っひく。……うえ？」

長門が勢いよく言うと、あすかはぽかんとした。

「ここまでするのはあすかだけだ。あすか以外のほかの誰にもこんなことしたことねえからな。むしろ考えただけで吐き気がする」

「は、吐き気？」

あすかは何度もまばたきを繰り返す。困惑しているらしい。

「そうだ。頼まれても他人の足なんて舐められるわけねえ。あすかの足だから舐めたくなった。そこだけは間違えるなよ」

そうだ。一般的に汚いとされる他人の足先に口をつける行為も、噛んだり舐めたりする愛撫《あいぶ》も、よほどのことがなければできない。いくら風呂に入ったあとの清潔な身体だとしても、だ。

現に長門はこれまで女の足を舐めたことはなかった。

それなのにあすかの足は舐めたくなった。言葉どおり、あすかの全身を食べ尽くしたくて。

余すところなく舐め尽くし、しゃぶり尽くし、味わい尽くしたい。自分のものだという証《あかし》をそこかしこに刻みたい。それ以外に理由など存在しなかった。

そのあまりにもまっすぐすぎる情欲は、紛《まが》う方《かた》ない長門の本心だ。

それがあすかにも伝わったのだろう。ぽかんとした表情から一変し、くしゃりと崩れるように微笑んだ。いつの間《ま》にか涙は引っ込み、代わりに仕方がないなあというような、呆れにも似た雰囲気を醸《かも》し出した。

「……それじゃあ……やだって言っても、やめてくれない、ね」

「まあな」

「……できればもうちょっと、初心者向けに、手加減、とか……お願いしたいなあって……」

「それは無理な相談だな」

「えぇー……」

あすかが落ち着いてきたのを見計らい、長門は容赦なく宣言する。

「さて、そろそろ続きやるぞ」

「……え」

「まだ始まったばかりだからな。覚悟しろよ」

そして——長門はあすかの全身を余すところなく味わっていった。

丸い膝からほっそりとした太もも、脚の付け根、へそに薄い腹。なだらかな腰を上がって脇腹から白い胸、脇に二の腕から手首、その先の指先へ。身体をうつぶせにさせ、両肩からしなやかな背中、臀部《でんぶ》にいたるまで、すべてだ。長門の舌や唇、手のひらが触れなかった場所などどこにもないほど執拗《しつよう》に、念入りに辿っていく。

気が遠くなるほど長い時間をかけ、全身くまなく唾液と紅《あか》く散った痕跡でまみれたその様《さま》は、これ以上ないほどいやらしく淫靡《いんび》だ。途中、あまりのしつこさに、あすかはすすり泣いたくらいである。

しかし今、あすかは泣くどころではなかった。先ほどからひっきりなしに、嬌声《きょうせい》と非難の声をあげている。それは高みに達する直前に、何度も長門が愛撫《あいぶ》をやめてしまうせいだ。

「……ひ、っな、なんで……」

「んー？」

「なんで、やめるの……！」

「そりゃ、あすかが言わないからだろ」

長門がしれっと返すと、あすかはぼろぼろと涙をこぼす。

しかし心動かされぬよう長門は見ないふりをする。ここまできて、ほだされるわけにはいかない。

ふ、ふ、と息を吐くあすかを見下ろしながら腰を緩く押しつけると、びくっと脚が跳ねた。熱い屹立《きつりつ》が彼女の秘所に触れ、中に入る直前でまたも腰を引く。あすかは頭を左右に大きく振って迫りくる欲を散らそうとした。

「……あ、あっ、は……ああっなん、で……！」

あすかの喘《あえ》ぎには苛立《いらだ》ちすら滲《にじ》んでいる。

「言ったろ。あすかが言わないからだって」

「……っ、そんなの……っ」

潤《うる》んだ目で睨《にら》まれるが、こちらも同じように耐えているのだから引き分けだろう。

互いに呼吸は荒い。汗もびっしょりだ。頬を伝い顎《あご》から垂れた雫《しずく》があすかの肌に落ちる。過敏になった神経はそんな些細《ささい》な刺激すら拾うのか、身悶《みもだ》える彼女もつらそうだった。

「ふ、ふっ、あ、ぁあっ……！　……っも、また……っ」

達《い》きたい！　達《い》きたくて仕方ない――……！

苦悶《くもん》に歪《ゆが》む顔も長門の腰を挟み込む両脚も、そう切々と訴《うった》えている。

だがだめだ。

（まだ達《い》かせてやらねえぞ）

あと一歩というところで攻めをやめる長門を、あすかは恨《うら》めしげに睨《にら》む。その瞳は涙で潤《うる》みながらもはっきりと不満が浮かんでいた。しかしまだ達《い》かせてやらない。

焦《じ》らされ続けるあすかからしたら、たまったものじゃないはずだ。それこそなぜ、と言葉でも瞳でも何度も問われた。

こちらから答えは示してやらない。……理由など、ひとつしかないからだ。

(早く言ってくれ。俺こそ、そんなにもたねえよ)

長門が望んでいるのはたった一言。それをあすかの口から聞きたいがために、こんなわがままを通しているのだ。

(あすか、おまえの口から聞きたい。――挿入《い》れてほしいってな)

長門が聞きたいのは、あすかからの懇願《こんがん》だった。

幼稚だと内心、自分を嘲笑《あざわら》う。けれども恋人から求める言葉をもらいたいと願うのは、おかしなことでもないはずだ。

それゆえ今回はあすかのおねだりを待って、こんな我慢比べのような真似をしているのだ。あすかも長門の求めることを察しているが、言えないと意地を張っている。

長門も熱を持て余しているが、そうさせている立場からかまだ少し余裕があった。

一方のあすかは、そろそろ限界らしい。頑是《がんぜ》ない子どものように泣きじゃくり出した。

「ひどいっ、よ、リュージさん……っ」

詰《なじ》る言葉すら長門の快感を煽《あお》る。あすかを哀《あわ》れに思う反面、心地がよかった。

「それはおまえだろ、あすか。俺をこんなに我慢させて」

「そんな、ああ……っお、ねがい、達《い》きたい！」

「じゃあ言えるだろ」

無慈悲な長門に、彼女はショックを受けたような表情を浮かべた。

かわいそうだと思う。このままねじ込んで暴き、ぐっちゃぐちゃに掻き混ぜて、満足するまで達《い》かせてやりたいとも思う。

だが今は、自分の希望を叶えてほしいという悪辣《あくらつ》な願いが上回っていた。

けれどあすか自身の細い糸で繋がった理性が、その一言を口にするのをためらわせるらしい。

「……っ、あぅ……いえ、ない～」

「言わなきゃずっとこのままだぞ」

長門が最後通牒《つうちょう》を突きつけると、あすかは絶望に目を見開いた。ぎりぎり繋がれていた理性の糸がぷつりと途切れた幻覚を、長門は見た気がする。

「やだっ、達《い》きたいっ！　達《い》かせてリュージさん……！」

あすかは堰《せき》を切ったように、なりふり構わず叫ぶ。

「じゃあ言えるな」

「っ言う、言うからあ」

長門は防具をつけた切っ先を、あすかの蜜壺《みつつぼ》に押しつけた。決して挿入しないよう表面をなぞり、彼女を煽《あお》る。

「……れて、挿入《い》れてリュージさん……！」

「っりょーかいっ！」

待ってましたとばかりに勢いよく挿入すると、ずぷっとはしたない水音が響く。

「……っ、……っ……ああー……っ！」

ここまでの愛撫《あいぶ》でどろどろに溶けた隘路《あいろ》は、猛《たけ》った逸物をいとも簡単に受け入れた。そしてぐんぐんと最奥に引き込んでくる。

あすかは挿入《い》れられただけで達《い》ったようだ。ほとんど声もなく内側だけで快楽を極めたその姿は、壮絶な色香を醸《かも》し出す。長門自身をぎゅっと締めつけ、すべてを持っていかれるほど強く蠕動《ぜんどう》した。

「ああ……あすか、いいな。最高だ」

押し寄せる波をどうにかやり過ごし、長門は恍惚《こうこつ》とした表情で腰を打ちつける。びくびくと震える締めつけを愉《たの》しみつつ、あすかの身体を揺さぶった。

それに伴《ともな》いゆさゆさと揺れる小振りの乳房に噛みつくと、あすかは大きく震える。

「っあ、ひゃあん……！」

かりっと強めに尖《とが》りをかじるたびに、長門を包む内壁が蠢動《しゅんどう》して、たまらなく気持ちがいい。

長門は耐えるだけ耐え、ようやっと溜め込んだ熱を防具越しに解放した。それを感じるのか、あすかは甘い声をあげる。

「あっ、あ、あ、っやあ、あつ、……ぁう、んんぅ……っ」

長い射精のあいだ、彼女は結合部分を揺らしながら雄の感覚を味わうように快感を拾う。その動きはきっと無意識だろう。なんと扇情的《せんじょうてき》で淫《みだ》らなのか。普段の姿からは想像できないくらい匂い立つ色香は、これまで数多《あまた》の女を相手にしてきた長門ですら虜《とりこ》にする。

長門しか知らない、あすかの女の顔。かわいくて、いたいけで、いじらしい。性に未熟だった身体を変えたのは長門の手腕だ。そう思うと、唇が弓なりに笑むのを止められない。

「……あつ、い……あつ……よ」

目を閉じて熱いとうわ言のように繰り返すあすか。長門は彼女を労《いたわ》るように顔中に唇を落とした。

はふはふと呼吸を整えていたあすかの双眸《そうぼう》が開かれ、ぼんやりと長門を捉《とら》える。

「……、……リュー……、さん……?」

意識しなければ聞きもらすくらい、小さな声だった。

「大丈夫か」

「……ん……」

あすかは再びまぶたを閉じてしまう。

「あすか？　眠いのか」

長門は疲れて眠たくなったのかと思った途端、あすかの手がゆっくり動く。

（なんだ？）

黙ってその手の行き先を見守っていると、長門は言葉を失った。

未だあすかの体内におさまったままの結合部へ辿り着いた、小さな手。彼女はその人差し指と中指で、勢いを失った長門の雄を挟み込んだのだ。

細い指のあいだには、防具をつけた長門自身が居座っている。そこはあすかから溢《あふ》れた愛液でぐじゅぐじゅに濡れていて、容易に彼女の指を汚した。

そしてあすかは、衝撃的な言葉を放つ。

「……ふふ。リュージさんが、いっぱい、だあ……」

「……っ」

（なんっつーこと言うんだこいつは……！）

頬を真っ赤に染めて嬉しそうに微笑んでのその言葉は、たちが悪いことこの上ない。

一度萎《な》えたものが勢いよく硬度を取り戻すほどの威力があった。

その変化を指先と体内で感じたのか、あすかがびくりと震える。

「……ぁ、え……？」

「……これはあすかが悪い」

「……っ、んう！」

ずるりと抜くと、その刺激にすらあすかは反応する。長門は手早く防具を取り替え、あすかの片脚を肩に持ち上げると問答無用で再び中へと突き入れた。

「ゃあああん……っ！」

あすかの狭い内側にねじ込まれた切っ先が、彼女が一番感じる部分を攻めた。その途端、甲高《かんだか》い嬌声《きょうせい》があすかの喉《のど》からほとばしる。

「あっ、あ、あう」

またも達したあすかは、はくはくと酸素を求める。その唇を無理やり塞ぎ抽挿《ちゅうそう》を繰り返すと、繋がった部分がぬちゅぬちゅといやらしい音を奏でた。

「んっ……、んっ、……んん……！　んんん～っ、……ぷはっ」

長い口づけから解放されたあすかは、深呼吸を繰り返す。

視線を下げると、相変わらずあすかの指は結合部に添えられたままだった。細い指のあいだを凶暴な肉棒が行き来する光景はひどく淫猥《いんわい》だ。

抽挿《ちゅうそう》のたびに溢《あふ》れ出る花蜜《かみつ》が指と逸物を濡らし、あすかの内ももまで汚していく。情欲を煽《あお》る水音も相まって、いやらしいことこの上ない。

見ているだけの長門ですらそう思ったのだから、指の股でそれを感じるあすかの心中はいかほどのものか。

「……あ、あ、ど、しよ、っどうし、よ」

あすかの瞳が困惑に彩《いろど》られながら揺れる。

「ゆび、が、はなれない……んん、離れないよう……っ」

手を離したいのに、指が動いてくれないらしい。

きっと、あすかは知ってしまったのだろう。指の股で拾う快感を。長門の与える快楽を素直に受け取り、貪欲に拾おうとした結果がこれだ。

口角を引き上げつつ、長門は結合部に触れるあすかの手を取った。見れば指だけでなく手のひらまで濡れそぼっている。感じている証《あかし》だ。

愉悦《ゆえつ》を覚え、やに下がる。長門はあすかの濡れた指先をためらうことなく口に運び、根元から舐め上げた。

「ひん……っあ、ひぁ……っ、んん……！」

汚れを舐め取るように一本一本丹念に舌で綺麗にする。たったそれだけのこともあすかにとってはしびれるような刺激なのか、ふるふるとまつ毛を揺らしながら耐えていた。

長門はその様子を鑑賞してふと思い立ち、肩に抱えた脚を下ろす。そして快感に震える細腰を両手で抱えながら、姿勢を変えた。

繋がったままの状態であぐらをかき、あすかを己《おのれ》の膝の上にまたがらせる。

「……っ!? きゃあああうぅ……！」

中を蹂躙《じゅうりん》する熱の楔《くさび》が角度を変えたせいで、彼女は悲鳴をあげた。あすかがおかしくなる箇所を何度も突いたのだ。股がびくびくと震え、爪先《つまさき》がぴんと跳ねる。

「っは、は、ぁう、うあ、ぁ、ああっ……」

過ぎた快感を与えるのは長門だというのに、縋《すが》る相手もまた彼しかいない。そんな矛盾に気づかずに、あすかはがくがくと震える両脚で長門の腰を挟み込み、さらには首筋に両腕を回してしがみついてきた。

快楽の海に溺れないよう必死にもがいているようだ。なんと健気なことか。

（……これは、余計、声をあげさせてやりたくなるな）

もっと大胆になったらいいと、長門はほくそ笑んだ。

目の前にある汗が滲《にじ》む首筋を舐め上げてやると、あすかはびくりと首をすくめる。初《う》心《ぶ》な反応に気をよくして、長門は手の届くところを重点的に愛撫《あいぶ》した。

赤くなって震える耳たぶに歯を立て、耳のかたちをなぞるように下から舐め上げる。耳の裏は唇で挟むように甘噛みを繰り返した。鎖骨の窪《くぼ》みを舌で抉《えぐ》り、骨のかたちに沿って舌を這《は》わせる。時折肌に強く吸いついて赤い痕《あと》を残しつつ、しっとりと汗ばんだ肌を味わった。

もちろん、このあいだも腰の動きは止めない。両手でがっちりと掴みながら緩く突き上げたり、中を掻き回したり。感じる一点を思い出したように先端で抉《えぐ》ってやるのも忘れない。

「やあっ、ぁ……！　んんっ、うあ……っ！」

長門の耳元で甘い悲鳴がひっきりなしにもれる。

全身で震えながらも淫楽《いんらく》をやり過ごそうとするあすかは、いたいけでとてつもなく愛らしい。ついつい余計に感じさせようと張りきってしまう。

（こんなにかわいがってやりたくなるあすかが悪い）

長門はやわらかな胸のあいだに顔を埋《うず》める。そこを強く吸うと、くっきりと所有印がついた。そして、つんと立ち上がった乳首を強めに噛む。

「いた……っ！」

あすかはかすかな悲鳴をこぼすが、慰撫《いぶ》するように舐めるとすぐに甘い吐息に変わった。

舐めて、噛んで、吸って、唇で挟み、食《は》んで、かじりついて、舌先でつつく。

それらを繰り返すたびに、あすかの乱れた呼気が長門の耳をかすめた。

「……気持ちいいだろ」

「……んんっ！」

あすかの真っ赤に熟《う》れた耳元で囁《ささや》くと、彼女の肩が大きく跳ねた。

「気持ちいいって言えよ」

長門の要求に、あすかはがくがくと首を縦に振る。

「は……っんぅ……っ」

言葉を返す代わりにか、あすかは長門に痛いほど強く抱きついてきた。さらに内部が忙《せわ》しなくわななき、限界が近いと知る。

無言の訴《うった》えがたまらなく長門を煽《あお》った。

「……かーわいいなあ」

目尻をだらしなく下げてつぶやけば、あすかは両ももをすりすりとこすりつけてくる。

（本当にかわいらしいやつだ）

お返しだとばかりに頬を寄せると、びくっとあすかの身体が震えた。

おそらくもうなにをしても、なにが触れても、あすかの快楽に繋がるのだろう。

（そろそろいいな）

このままずっと付き合わせるのは酷だ。

あすかの腰を掴んだままの両手に力を込め、長門は次の瞬間、ずるりと怒張が抜けるぎりぎりまで抱え上げた。かと思えば、あぐらをかいたままの膝の上に彼女を落とす。

「っあ、あ、あ――……っ！」

その衝撃で、あすかは達する。びくびくと内壁がひくつき、長門自身をきつく締めつけた。

あすかは声も出せずに震えて、身体を長門にあずける。

なだめるように背中を撫《な》でた。しかしそれすら快感として認識するのか、あすかは震え続け、吐き出す息は荒いままだ。

彼女が落ち着くのを辛抱強く待っていると、しばらくして首筋に縋《すが》りついてきた。そして肩を震わせつつ、あすかはしゃくりあげる。

「……っ、リュ、ジさ……っ、うっ、リュージ、さっ」

「どうしたあすか」

「……は、はずかし……っ」

「なに？」

「っはずかしかったの……！　挿《い》れられただけで、達《い》っちゃったから……！」

顔を埋《うず》めながら叫んだ台詞《せりふ》は、長門の笑いを誘った。こらえきれず喉《のど》を鳴らせば、あすかは睨《にら》みつけてくる。

「わ、笑うなんてひどい……っ」

「……っ、悪い悪い……っ」

「こっちはいきなりでびっくりしたし、すごく恥ずかしかったのに……！」

「悪かったよ」

それもこれもすべて長門が原因である。悪いとは思うが、快楽に貪欲なのは大歓迎だ。

「も、反省してな――……っ、んんっ」

話している途中、あすかの声音《こわね》に艶《つや》が混じる。むくむくと膨張し、内壁を圧迫する存在に気づいたのだろう。

「な、なんでおっきくなって……っ!?」

「あすかのせいだろ、ほら」

未だあすかの体内に居座った状態の楔《くさび》は衰《おとろ》えないばかりか、限界に近づいていた。

長門は緩く腰を動かす。身の内を犯《おか》す肉棒を再確認させるように、こぽりと溢《あふ》れた蜜をまとわせながらあすかの内部を撫《な》でさすった。

「ひゃあんっ！　や、やだあ、掻き混ぜないで……っ」

そう懇願《こんがん》されても、やめてやれない。

再び熱が灯《とも》り始めた華奢《きゃしゃ》な身体を掻き抱《いだ》きつつ、あすかの唇を塞いだ。そうすると自然と開くやわらかな唇を褒めるように舐め、舌を挿《さ》し込む。

ぴちゃりといやらしい音をもらしながら粘膜の交わりを濃くしていくと、あすかの身体から力が抜けた。もたれかかってきた上半身を受け止め、髪を梳《す》くように撫《な》でて、耳元へ囁《ささや》きを落とした。

「まだまだ腹が減ってるんだ。誘ったのはおまえだからな、あすか。満足するまで食べ尽くすつもりの俺に最後まで付き合ってもらうぞ」


「……んぁ、……はっ、や、ゃ……ぁんっ……」

「……く……っ」

抱き合っていたあすかの体内へ、防具越しに遂情《すいじょう》する。

どれほど長い時間、睦《むつ》み合っていたのか。

すでにあすかの意識は朦朧《もうろう》としている。何度も体位を変え、姿勢を変えた。そのたびに貫き、絶頂を極めれば、あすかでなくともこうなるだろう。

これまで何人もの女を相手にしてきた欲望の持ち主が、たったひとりに情欲を注《そそ》いだのだ。その結果、受け止め続けたあすかが意識を飛ばすほど無限の責め苦に苛《さいな》まれたのは、避《さ》けられない事態だった。

あすかの全身は唾液や所有印に塗《まみ》れている。愛し合ったというよりは貪《むさぼ》り尽くしたという表現が似合うほどの惨状だが、これもすべてあすかが悪い。

——……あたしを、お腹いっぱい、食べて……？

あんなふうに誘われ、断れる男がいるだろうか。据《す》え膳食わぬは男の恥とばかりにむしゃぶりついてしまった。

防具をつけていたことが本当に悔やまれる。なんの妨《さまた》げもなければ、あすかの中に熱い飛沫《しぶき》を最後の一滴まで注《そそ》ぎ込んでやったのに。

（まあ、まだいろいろな準備が整ってない。またいずれ、な）

虚《うつ》ろな目をしたあすかの頭を撫《な》でてやると、身体から一気に力が抜ける。眠りに落ちたらしい。

長門は散々翻弄《ほんろう》したあすかの身体を抱き上げ、浴室に運ぶ。彼女の身体を綺麗に洗って、自分も身体を洗ったあと一緒に湯船に浸《つ》かった。

そこまでしても、あすかは目を覚まさない。初めてあすかを抱いたときも似た状態だったが、今回のほうがより疲労が大きいようだ。

風呂から出たあとパジャマに着替えさせ、先ほど濃厚な時間を過ごしたのとは別の寝室に運んでも、恋人のまぶたが開くことはなかった。

長門はその深い眠りを確認してから寝室を出て、とある人物に連絡を入れる。相手はすぐに電話に出た。

『佐賀里です』

「俺だ。どうだ、吐いたか」

『会長のお望みの内容でしたら、すでに』

拘束した磯崎への対応は佐賀里に任せていた。その結果を聞くために連絡したのだ。

『女の背後に組織の存在はなく、あすかさんに近づいた理由は私怨《しえん》のみだということです』

「私怨《しえん》、なあ」

『自分は理不尽な目に遭《あ》っているのに、ヤクザと付き合いのあるあすかさんは、なに不自由なく過ごしている。それが信じられない上に妬《ねた》ましく、許せなかったと』

「なるほど。まさしく私怨《しえん》そのものだ」

スマホを持つ手に力がこもる。みしりといやな音を立てた。

『あすかさんの立場に成り代わろうとしたのではなく、ただその存在が許せなかったそうです。目の前からいなくなれば、自分も惨《みじ》めではなくなると』

「はっ、どんな理屈だそれは」

身勝手にもほどがある。そんな理由で刃物を向けられたあすかを思えば、あの女への怒りが膨《ふく》れ上がった。

「で、佐賀里。おまえの見解は？」

『救いようのない人間ですね』

はっきり切り捨てる佐賀里の言葉は、長門の望んだものだった。

『ヤクザと付き合いのあるあすかさんがそれほど羨《うらや》ましいのなら、同じような立場へ据《す》えてやるべきでしょう。彼女は今現在、その身をもって体験しているところです』

やはりそうかと、長門は納得する。

電話が繋がったときから、佐賀里の声の後ろからかすかに物音が聞こえていた。それは、女の喘《あえ》ぎ声。――複数の男の怒声や下卑《げび》た嘲笑に混じった、嬌声《きょうせい》とは真逆の、悲鳴のようなものだった。

『ヤクザというよりヤクザ崩れのような人間に飼われ、これから人間としてではなく畜生《ちくしょう》として生きていくのです。ですがそれは自分が望んだこと。仕方ありませんよねぇ』

佐賀里の声には嘲《あざけ》りが滲《にじ》んでいる。この会話を女へ聞かせているのだろう。

彼の言葉に答えるように、遠くからくぐもった女の悲鳴が聞こえてくる。

『――これはあなたが望んだことでしょう。我々はその手助けをしたまでです。……ふう、なにを言っているのかわかりませんね。できれば人間の言語で話してほしいのですが。私に畜生《ちくしょう》の言葉は理解できませんので』

佐賀里がそう言うと、女の悲鳴は聞こえなくなった。どうやら移動したらしい。

『お聞き苦しいものをお耳に入れて申し訳ありません』

「いや、構わねえよ。畜生《ちくしょう》に人間の言葉は通じねーからな」

『ええまったく』

すでに二人のあいだで磯崎という女は畜生《ちくしょう》という生き物に堕《お》ちた。ろくでなしな恋人の借金を返すために娼婦まがいのことをしていたほうが何倍もましだという生活をこれから送る羽目《はめ》になる。だがそれは、本人が望んだ結末。

だから、そう、仕方がない。

――たとえ長門があすかにあのアパートは危険だと思わせるために磯崎の侵入を見過ごし、部下をあとから駆けつけさせるように仕組んだのだとしても。

「とりあえずお疲れさん」

『会長、忘れていらっしゃいませんよね』

「あ?」

『特別手当は後日請求しますので』

「あーはいはい」

『休みは五日ほどいただきます』

「はっ!? おっまえ、そりゃあいくらなんでもぼったくりすぎだろ!」

『今回の私の働きは、それに値《あたい》すると自負していますが』

「女の格好するの乗り気だったじゃねえか!」

『まさか! 私にそんな趣味はありませんよ。ですがあすかさんのために身を犠牲にした私に、その言い草はひどくありませんか。ええ、とても傷つきました。やはり休みはいただかないと。心身ともに休暇が必要です』

「どの口が言う……」

白々《しらじら》しいことをのたまう部下に頭が痛くなる。これ以上話していても無駄だ。呆れるが、長門は佐賀里が休暇を取ること自体に不満も不安も抱《いだ》いていない。この部下は、休暇がほしいときは自分が抜けても差し支えないようにする男である。今回もきっと用意周到に準備していることだろう。その上で、近々本当に休みを取るはずだ。

「休暇についての話は、次会ったときに詳細を聞く……」

『わかりました』

「ああそうだ、あすかのアパートの荷物のことだが」

『すでに手配済みです。明日、会長の部屋に運び込まれる予定です』

「そうか、わかった。引き留《と》めて悪かったな」

『いいえ。それではこの件の後処理は、私が最後まで引き受けますので』

「任せた」

『はい。それでは失礼します』

電話を切り、長門は脱力する。

(佐賀里……仕事はできるんだが、どうもあの性格が掴みきれねえなー)

長い付き合いであるにもかかわらず、長門は佐賀里を持て余している節《ふし》があった。仕事は文句なくできる部下だが、言動に多少問題があるのが気になるところだ。

（まあ今はそんなこと関係ねえか）

寝室の扉を開け、様子をうかがう。ベッドの中には、先ほどと変わらず深い眠りに身を委《ゆだ》ねるあすかの姿があった。

長門はベッドに潜《もぐ》り込み、寄り添うようにあすかを抱きしめる。彼女の体温は少し高く、幼い子どものようで心地いい。

額《ひたい》からまぶたの上、目尻に頬と口づけを落としても、あすかは身じろぎひとつしない。

長門は小さく笑って、唇を軽く重ね合わせた。

サイドテーブルに置かれた時計で時刻を確認すると、すでに深夜の十二時を過ぎている。抱き寄せたぬくもりに幸福を感じながら、長門もこの日、眠りについた。

＊＊＊

いったいどのくらい眠っていたのだろう。

泥のような眠りから引き上げられたあすかが最初に見たのは、やわらかなシーツの上に投げ出された自分の腕だった。手のひらで触れるとさらさらしていてとても触り心地がいい。

もう一度眠りに落ちそうになって——はっと目を開いた。それは、寝室の扉の向こうで人の気配を感じたからだ。それもひとりではなく複数の。その瞬間、身体に緊張が走る。

（……ここ、は、……別の寝室……？）

今いるのは、昨日長門に連れ込まれた寝室とは違う部屋のようだ。

しかし、それは部屋の外から複数の人の気配がすることと繋がらない。ひとりだったら長門なのだろうが、複数なら話は別だ。

広いベッドの上でまんじりとした時を過ごしていると、しばらくして複数人の気配はなくなる。

そして部屋の扉が開いた。

あすかは一瞬びくっとするが、現れたのは長門だった。ほっと息をつく。

「あすか、起きてたのか」

「う、うん」

「悪いな。少しうるさかったか。こっちの寝室のほうが近いからな」

「近い？」

なんのことかわからず首を傾《かし》げると、長門は笑みを浮かべてベッドに近づき、あすかの身体を抱え上げた。

「っ、リュージさん？」

しまった。

「まだ身体がつらいだろ？　この前みたいにベッドから落ちたら大変だからなあ」

たしかに、初めて長門に抱かれた翌日、あすかは腰が使い物にならず床に崩れ落ちてしまった。

そもそもの原因であることはさておき、長門の厚意に甘えることにする。実はベッドの上で身体を起こしただけで、下半身に痛みを覚えていた。きっと歩けないだろう。

長門はあすかを軽々と抱き上げ、寝室を出る。今回もダイニングへ運ばれるかと思いきや、彼はとある部屋の前で足を止めた。

「ここって……」

「あすかのために用意した部屋だな」

この部屋のクローゼットには、彼女のための衣類などがしまわれている。

(どうしてここに来たの？)

その疑問は扉を開けた瞬間、判明した。

「……うそ……。ほ、本物？」

「あすかのものだ。間違いねえだろ？」

「うん、あたしの……あのアパートにあった、あたしの荷物だ」

その部屋におさまっていたのは、あすかが住むアパートに置いてあるはずの家具や雑貨だった。部屋の一角に段ボールがいくつか積み重なっており、その外側に内容物の詳細が記されている。食器や小物などの細々としたものや、大学で使っている教材もきちんと分別されているようだ。

「冷蔵庫や洗濯機のような家電は、別のところに保管してある。処分するかどうかはあすかの判断待ちだ」

「ど、どうしてここに、あたしの荷物が？」

「一緒に住むって言っただろ」

言った。たしかに言っていたが――

「早すぎない⁉　昨日の今日だよっ⁉」

「善は急げと言うしなあ」

「そうかもしれないけど……！」

こんなにすぐに行動に移されるとは予想していなかったのだ。

「あそこは危険だってわかってるだろ」

「そうなんだけどさ、ちょっと、心の準備が……」

つい数日前に結ばれたばかりだというのに、もう一緒の部屋で暮らすなんて早すぎないだろうか。

「今さらだろ」

「うう～」

あすかは頭を抱えるが、本当はわかっている。

今まで住んでいたアパートに戻るのは、精神的な負担が大きい。こうやって荷造りも手配もなにもかもしてもらえたのは、とてもありがたかった。

しかし目が覚めたら、自分の荷物が恋人の部屋に運び込まれていたという衝撃を、ひとりで受け止めるのも難しい。誰かにこの驚きを共感してもらいたかった。

そんな彼女をよそに、長門はしれっとのたまう。

「とりあえずあすかは今日からここに住む。これは決定事項な」

「ううう〜……。……はあ。わかったよ」

だがそれほど抵抗せず、あすかは折れることにした。長門の提案をのむことが最善だと思ったからである。ここのセキュリティーは最強だ。なにより長門とともに暮らすのは照れくさいけれど、いやなわけじゃない。むしろ嬉しい。

（あれ？　じゃあなにも悩む必要なんてないんじゃ……）

「話はまとまったことだし、飯にするか」

機嫌のいい長門に抱えられ、ダイニングへ向かう。その途中でふと思い出した。

「あのさっ、リュージさん」

「どうした」

「……磯崎さんって、どうなったの」

昨日は気を配っている余裕などなかったが、一日経てば別だ。佐賀里に連れられていったことは知っているものの、その先どうなったのか想像がつかない。

(もしかしてひどい目に遭《あ》ってたりして……)

そう怯《おび》えるあすかに、長門はあっさりと答えてくれた。

「あの女が望む仕事を与えてやったぞ」

「し、仕事……？」

「そうだ。恋人の借金を返すために売春してたんだろ。だから、もっと稼げる仕事に就かせてやった。それだけだ、安心しろ」

「もっと稼げる仕事……？　それって、危ないことじゃないよね……？」

磯崎には怖い目に遭《あ》わされたが、だからといって彼女の不幸を望んではいない。彼女の人生は彼女自身の責任で、自業自得なところはあるだろう。けれど今回のことを機に、できれば人生をやり直してくれるといい。

おずおずと尋ねると、長門は力強く笑った。

「ああ。なにも心配するな。それに、あの女とはもう二度と会うことはないからな」

――長門の言葉を、どのくらい信じていいのだろう。あすかには甘く優しいから時々忘れてしまうけれど、彼はヤクザだ。あすかの知らない闇の世界を歩いている。

もしかしてすべて真っ赤なうそかもしれない。

あすかは数瞬悩んだあと、まっすぐ彼を見た。

「リュージさん……信じていいの？」

「もちろん」

甘い声に応じられ、彼女は心を決める。長門を信じようと。

あすかは長門の首に腕を回して、ぎゅうっとしがみついた。

「……ありがとう。大好きリュージさん」

彼の耳元で囁《ささや》くと、パジャマの襟首から覗いた首筋を甘噛みされる。

「俺も好きだぞ、あすか」

その言葉とともに、ちゅうと強く吸われた。また所有印が増えたに違いない。真新しいそれは、どれほど鮮《あざ》やかに肌を彩《いろど》っているのだろう。

「さ、飯にするか。このままだとベッドに逆戻りしたくなるからな」

「……さすがにもう無理だよ。腰が痛いもん」

「わーかってるよ」

長門は喉《のど》を震わせ、くつくつと笑う。

それすら心地よくて、あすかはもう一度長門に強く抱きついたのだった。

書き下ろし番外編

おねだり

唐突だがあすかには親友と呼べる存在がいる。名前は汐。あすかとは中学から高校卒業まで一緒だった同級生で、さばさばした性格の人物だ。

その彼女からあすかのスマホへ電話がかかってきたのは、夜も更けた時間帯であった。

『もしもし。あすか、私だけど』

「汐じゃん。どうしたの」

いつもはメールのやり取りが主なので、電話は珍しい。

『遅くにごめん。今、時間いい？』

「いいよー。なに？」

『突然だけど、私、次の週末そっち行くことになったから、知らせておこうと思って』

「え、そうなの」

本当に突然だ。

『そう。いとこの結婚式があるの、そっちで』

「へえ、結婚式か〜。じゃあ会える時間あったりする？」

『式当日じゃなくて翌日帰ることになったからね、会える時間あるわ。といっても昼過ぎ……十六時台の新幹線で帰るから、あまり時間はないかもだけど。今日はそのことで電話したのよ』

「そっか！　会うのは夏以来か〜」

汐と顔を合わせたのは今年の夏、長期休暇のときだ。その期間は何度か遊んだりしたからそれほど久しぶりというわけではない。とはいえ親友と会えるのは率直に楽しみである。

高校を卒業してからは、あすかが長期休暇で帰省したときにしか顔を合わせる機会がなかったのだ。

だが今回、結婚式当日はホテルに一泊し、翌日帰るのだという。話を聞くと、式そのものの開始時刻が遅いため披露宴も夕方過ぎになり、そのあとに二次会があると仮定すれば遠方からの出席者は宿泊せざるをえないとか。なかなか大変なスケジュールだ。

「じゃあ帰る日だったら会えるってことだね」

『そう。それを伝えておこうと思ったんだけど、あんたは来週末暇なの？』

「えーと、ちょっと待って……」

スケジュールを確認すると、前日にシフトは入っていたがその日は休みだった。なんとタイミングのいいことか。

「大丈夫っぽい」

『そ？　じゃあとりあえず来週そっちに着いたら連絡するってことでいい？』

「いいよ。ところでせっかくこっちに来るんだから、どこか行きたいところある？」

『ある』

はっきり言い切られたので思わず笑ってしまった。

汐の中でどうやら行きたい場所の候補は挙がっているようだ。まずはとある原画展。次に地元では出店のない雑貨屋が入った複合施設に、同じくこちらにしか店舗のないカフェだった。

『とりあえずこの三つは行きたいから』

「わかった」

聞けば、原画展も地元では開催されないというのだから、いとこの結婚式という機会を大いに活用しようという気概を感じる。

「ほかは？」

『とりあえず今挙げたところに行けたらそれでいいわ。あとはそのときの判断で』

「それがいいね」

時間が余ればほかにも寄る場所を作っていいかもしれないが、帰りの新幹線の時間もあるためこのあたりが妥当だろう。

「結婚式、もう着ていく服は決まったの？」

『振袖よ。レンタルだけど』

「どんな感じ？」

『あとから写真送るわ』

「おー、よろしく～」

結婚式に関して付随するいくつかの会話を交わしながらも、もう夜も遅い上に翌日も平日のため、早々に汐のほうが電話を切ろうとした。

しかしふと思い出したかのように……いや、むしろこれこそ本来の目的だったのではないかと疑うような話題を汐が発したのである。

『そうだあすか、あんたさ』

「ん、なに」

どことなく面白がるような、含みのある声音に首を傾《かし》げたあすかは次の瞬間――

『そっちに行ったら、もちろん例の「年上の友達」と会わせてくれるんでしょう？』

文字どおり、ぴしり、と身体が固まった。

まるで予期していなかった爆弾。汐の一言はまさにそんな幻覚すら感じさせる発言だった。

「……え、ってか、え、な、なに言って」

いきなり長門の話題となったため、動揺からかどもってしまう。

『だから夏に話してた「年上の友達」とは、今でも関係は続いてるんでしょう？』

「う、うん」

『よかった。せっかくそっちに行くんだから会ってみたかったのよね』

「あー……と」

『会わせてくれるでしょ』

「えっ、と」

『会わせてくれるわよね』

「いや。あの」

『会いたいなーどんな人かなー興味あるなー』

「ちょ、ま……」

『紹介よろしくー』

「ええー……」

汐の言う『年上の友達』とはほかの誰でもない、長門のことである。

まだ長門と恋人という関係になる前の、夏期休暇のころの話だ。長門の本職を知った
あすかは思わぬ事実に当惑し、当初はそれを受け止めるだけでいっぱいいっぱいな時期

があった。だからなにも告げず実家に帰省し、長門とも連絡をとらない状況が続いていた。

その中で偶然にも汐に様子がおかしいと感づかれ、アルコールの助けもあり悩みの種である長門の存在を白状するに至った。『年上の友達』ができて、さらに男性で、なおかつ社長という立場にあるということも告げて。

それ以上は長門の個人的な部分だから詳しく話せなかったものの、その少ない情報で彼女は長門があすかのことをどう扱い接しているのか、ある程度見抜いていたようだった。

というより、あれほどの好意に気づいていなかったのは、それを向けられていた本人だけだったと、今思い返してみれば自覚できる。

とにかくそのときは『年上の友達』ができたことと、その人の秘密を知り混乱して、少しぎくしゃくしていることを明かしたのみである。

（懐かしい……。ペットみたいだって指摘されたんだっけ）

長門との関係性をそう例えられ、あすかは戸惑ったものだ。けれどもこの言葉が長門の本意を知るきっかけに繋がったのだから、ある意味、縁を結んだ一言でもあったのだと思う。

しかしあすかは結局『年上の友達』とそのあとどうなったのか、敢えて伝えるのを避けた。理由はもちろん、長門がヤクザだからだ。裏社会の人間と恋人同士になったと親友に打ち明ける気があすかにはさらさらなかった。汐もわざわざ詮索してくることはなかったので、今の今まで頭からすっぽり抜け落ちていたのだ。

けれど汐は忘れていなかったらしい。

当然だ。あすかが彼女の立場でも、同じように気になって訊《き》きたくなっただろう。多少の好奇心も滲《にじ》ませつつ、それでもやはり根底にあるのは友人を心配する気持ちだ。

「でも、たぶん仕事だろうし、都合つかないと思うよ」

なんとか逃げ道を探ろうとするが、汐をかわすのは容易ではない。

『ほんのちょっとでいいのよ。どんな人か直接見られたらと思って。それで、できたら少し挨拶《あいさつ》したいだけよ』

「う、ん……」

そう言われても、あすかが勝手に決められる話ではない。ゆえに歯切れが悪くなるのは必定だった。

だが汐のほうが上手《うわて》なのは昔から変わっていない。

『じゃ、そういうことで。楽しみにしてるから』

「あ——……って、切れた」

色好《よ》い返事を引き出す前に、言い逃げのようなかたちで通話が終了してしまった。切れた電話を前にして、あすかは深いため息をつく。

（……これはごまかすのは無理かなあ）

しかし汐の性格を鑑《かんが》みると、思いつきで口にしただけではなさそうだ。これは実際に紹介しないと納得しない可能性が高い。

さてどうすべきか。

ただ紹介するだけなら長門に頼めば事足りる。けれどもっと深く尋ねられたとしたら、答えに窮《きゅう》するに違いない。

（それでも、やっぱり本当のことは言えないし、言うつもりもないんだよね……）

スマホを睨《にら》みつつ、「うーん」と顎《あご》に手を添え悩む。そうしていると、ぽん、と軽く頭に衝撃があった。

「どうした、あすか」

「リュージさん」

実は汐から電話がかかってくる直前に長門が帰宅していたのだ。着替えるために寝室へ向かった彼を見送ったところで、汐からの着信があった。彼女との会話に夢中だったせいで、長門が着替え終わり戻ってきたことにも気づけなかったようだ。

「なにかあったのか」

「んー……」

「ん？」

「……ちょっと、リュージさんに相談があるんだけど」

「相談？　珍しいな。今の電話が原因か？」

「うん。実は……」

次の週末に友人の汐がこちらへ来ること。そして長門を紹介してほしいと望んでいることを話すと、彼は少し考えるようにして言った。

「その友人はあすかにとって大切な相手か？」

「え？」

「これからも付き合いを続けたいか」

「うん、もちろん」

この質問にどんな意図が隠れているのか掴めないが、これから先も汐と友人でいたい気持ちは変わらない。

ゆえにうなずいた。

「リュージさんのことは、社長さんだっていうのは話してて。でもヤクザだってことは言わないつもり」

「そうか」

と、顎《あご》を引いた長門を見つめること数秒。彼は妙案を思いついたのか、にやりと口角を上げた。

「来週末だな。いいぞ」

「え、いいの？」

「少しなら時間がとれるはずだ。都合をつけとく」

「ありがとう！」

「その代わり――俺のお願いも聞いてもらうかな」

「お、お願い？」

（……あ、なんかまずい流れのような気がする……）

いつもは鈍感を自負するあすかだが、このとき珍しく危険信号が反応した。

「おねだりするんだ。それに見合った対価も必要だろ？」

時折、長門はこんなふうにあすかの逃げ道を塞いでからからうヤクザらしい一面を覗かせる。唇の片端を引き上げ、にやにやと愉《たの》しんでいる様子が丸わかりだ。その反応にあすかの口元がひくりと引きつった。

（これは訊《き》き返したらだめなやつだ）

幾度も経験すれば、あすかのような察しの悪い人間でも、このあとのよくない流れが想像できる。

けれどここで話を切り上げられないことも、あすかが一番よく理解していた。

だから結局、長門の望むとおりに展開していくのだ。

「……どんなこと?」

ためらいがちに問うと、長門の特徴的な垂れた目尻に妖しい色香が落とされた。

「あすかにしか叶えられないことだな」


それはまさに絶景であろう——男にとっては。

「……っ、……や、やだ、ぁ、……これ、やだって……っ」

仰臥《ぎょうが》する長門の腰にまたがり、腹の奥に熱い剛直を突き挿入《い》れられて、あすかの腰は上下に揺れていた。自分の意思ではどうすることもできない行動に、あすかは惑乱し泣きじゃくる。

下からの容赦のない突き上げで、ぐずぐずに溶けた結合部からは、どちらのものともわからない蜜が溢れてくる。ぐちゅぐちゅとはしたない水音を響かせながら、あすかの太ももを汚した。

——馬乗りになって、自分から挿入《い》れてよがるあすかが見たい。

平常時なら羞恥心《しゅうちしん》で殴っていたかもしれない。それほどあすかにとって難易度の高い『おねだり』である。

なにせあすかはつい最近、初めての性行為に及んだばかりのセックス初心者だ。いくら相手が淫事に慣れた大人の男であっても、自分から相手に乗るいわゆる『騎乗位』など、進んでできるわけがない。

当然、あすかは無理だと頭を振って拒絶した。

だがそんなわかりやすい拒否を、長門が予測できていなかったわけがない。

寝室へ連れ込まれてから『おねだり』を実行するまでに、あすかは二度も淫楽を極めさせられた。ひたすら甘やかされ、とろけるような熱で犯され、甘美な快感を余すところなく与えられ――……。こんなことばかり繰り返されれば、拒んでいた思考などどろどろに融解してしまう。

ほんのわずかでも理性が残っていたら、『おねだり』は恥ずかしがっていやがったかもしれない。しかしこの時点で二度も達したあすかの意識は朦朧《もうろう》としていた。いきすぎた快楽に翻弄《ほんろう》され、毒のように滴《したた》る甘い声に従うまま上に乗り、なんとか長門自身を受け入れる。だがそこまでがあすかの限界だった。串刺しにされた状態のまま、身動きひとつできずにあすかはすすり泣く。

自身の重みも加算されるせいで、普段は届かないような奥深くにまで熱杭が到達していた。腹の奥を犯す未知への恐怖と、疼痛《とうつう》を伴った息苦しさ。そして鈍痛を上回る快楽に、あすかは取り乱した。

ところがそんな彼女へ追いうちをかけるように、下から長門が腰を押し上げてきたのだ。あまりの衝撃に一瞬、息を詰める。

だがそれはほんの序章であった。

思うがままに突き上げられ、自身ですら知らなかった奥まった快感スポットを熱棒で突かれるたび細い腰がわななく。ほっそりとした太ももはびくびくと震え、こらえきれずあすかはのけぞった。汗で濡れた喉元を晒《さら》しながら、小ぶりな乳房がふるふると揺れる。突き上げの激しさを物語るように上下する膨らみの先端が、いじめてくれと言わんばかりにぷっくりと瑞々《みずみず》しく尖《とが》っていた。

それはとてつもなく淫靡《いんび》で艶《なま》めかしい光景だろう。

「いや、じゃない――だろ？」

「うぁ……っ、も、やだ、……や、……っくる、し……っ」

「やだやだと口にしてるが、ほら。気づいてるか？　腰が揺れてる」

くつくつと喉の奥で笑われ、朦朧《もうろう》としつつもそのときになってようやく正気づく。一旦、突き上げを止めた長門の腰へ、あすかは自《みずか》ら股を押しつけていたのだ。咥《くわ》え込んだ逸物の熱さを内壁で感じながら、ぐちょり、ぐぷりと上下させるたびに立つ水音すら快楽の足しにしていた。

無論、まったくの無意識である。指摘されるまで気がつかなかったほど、身体は貪欲なまでに彼を求めていたのだろう。

長門の大きな手のひらで、なめらかなくびれの曲線を撫《な》でられる。その感触ですら快感に繋げてしまう浅ましさがつらい。

けれどもう、あすかにはどうすることもできなかった。ただひたすらに情欲を求めて腰を動かしている。

その光景こそ長門が望んでいたよがる姿だと、霞《かす》んだ意識の外で偶然にも拾った声が教えてくれた。

「いやらしいなあ、あすか」

「ち、ちが……、ぁうっ、あ、は……ぁん！」

「また否定するのか？　くくっ、かわいいな、おまえは。俺の上で必死になって腰を振ってるのにまーだ抵抗するのか」

「……あ……だって、……っとまん、ない……っ」

「それがかわいくて仕方ねえんだよ」

「んんんー……っ！」

しばらく動きが止まっていたのに、突然、思うがまま突き上げられあすかはのけぞった。三度目の絶頂へ導かれ、びくびくと蠕動《ぜんどう》する内部の締めつけを堪能したのち、防具越しに長門の精が叩きつけられる。その感覚にすら身震いし、あすかの身体は急激に力を失った。

「おっと」

くたりと倒れ込んだあすかの上半身を難なく長門が受け止めてくれる。もうほとんど意識を手放す直前であったが、互いの汗で濡れた素肌が触れ合う感触に満足感を覚えたところで、あすかの記憶は途切れた。

穿《うが》たれた腰の強さと、身の内におさまる圧倒的な存在感がもたらした苦しいほどの快感。

翌日、目覚めてからそれを思い出すたびに赤面するあすかであった。だが、身体を酷使して挑んだその頑張りは、長門が求めた『おねだり』の期待に応えられていたようだ。

翌週末、無事に汐との約束の日を迎える。

しかし待ち合わせたカフェでのこと。長門を紹介した直後の汐から秘密裏に送られてきたメールを認めた途端、あすかは飲みかけのジュースを誤嚥《ごえん》し盛大にむせた。

——隠し子がひとりや二人はいそうな顔してるわ。

さすが親友である。

腹筋が筋肉痛になりそうなほど込み上げてくる笑いが止まらなくて、この日あすかは本来とは違う意味で長門を紹介したことを後悔したのだった。

恋愛より食い気！　な女子大生のあすかは、ある朝、黒塗りの高級車と接触事故を起こしてしまう。その事故を機に、車の持ち主である長門《ながと》と週に何度か食事をする不思議な仲に。どこか危険な香りのする長門に、次第に惹かれていくあすかだったが……。ある日、長門が極道の会長であることが発覚！　戸惑い、距離を置こうとするものの、彼と過ごした時間が忘れられないあすか。一方長門は、そんな彼女に強引なまでに甘く迫ってきて──

B6判　定価：704円（10％税込）　ISBN 978-4-434-29113-5

本書は、2018 年 4 月当社より単行本として刊行されたものに、書き下ろしを加えて文庫化したものです。


この作品に対する皆様のご意見・ご感想をお待ちしております。

おハガキ・お手紙は以下の宛先にお送りください。

【宛先】

〒 150-6008 東京都渋谷区恵比寿 4-20-3 恵比寿ｶﾞｰﾃﾞﾝﾌﾟﾚｲｽﾀﾜｰ 8F
（株）アルファポリス　書籍感想係

メールフォームでのご意見・ご感想は右のＱＲコードから、
あるいは以下のワードで検索をかけてください。

アルファポリス　書籍の感想　検索

ご感想はこちらから

エタニティ文庫

恋結《こひむす》び

明里《あけさと》もみじ

2021年8月15日初版発行

文庫編集－熊澤菜々子
編集長 －倉持真理
発行者 －梶本雄介
発行所 －株式会社アルファポリス
〒150-6008 東京都渋谷区恵比寿4-20-3 恵比寿ｶﾞｰﾃﾞﾝﾌﾟﾚｲｽﾀﾜｰ8F
TEL 03-6277-1601（営業） 03-6277-1602（編集）
URL https://www.alphapolis.co.jp/
発売元－株式会社星雲社（共同出版社・流通責任出版社）
〒112-0005 東京都文京区水道1-3-30
TEL 03-3868-3275
装丁イラスト－逆月酒乱
装丁デザイン－ansyyqdesign
印刷－中央精版印刷株式会社

価格はカバーに表示されてあります。

落丁乱丁の場合はアルファポリスまでご連絡ください。

送料は小社負担でお取り替えします。


ISBN978-4-434-29251-4 C0193